한승원의
글쓰기
비법
108가지

한승원의

글쓰기
비법
108가지

푸르메

|일러두기|

본문에 인용된 예문의 대부분은 작가 한승원의 저작에서 발췌하였다. 그러한 경우 작가의 이름은 따로
병기하지 않았으며, 다른 작가의 작품을 인용한 경우는 작가의 이름과 작품을 함께 명기하였다.

한승원의 글쓰기 비법 108가지

1판 1쇄 발행 2008년 10월 10일
1판 8쇄 발행 2022년 10월 25일

지은이 | 한승원
펴낸이 | 김이금
펴낸곳 | 도서출판 푸르메
등록 | 2006년 3월 22일 (제318-2006-33호)
주소 | 경기도 화성시 향남읍 행정중앙2로 64, 1106동 1604호 (우 18600)
전화 | 02-334-4285
팩스 | 02-334-4284
전자우편 | prume88@hanmail.net
인쇄 · 제본 | 한영문화사

ⓒ 한승원, 2008

ISBN 978-89-92650-15-1 03810

글쓰기는 자기가 살아 있음을 증명받는 일이다.
나는 내 삶을 나 스스로에게 증명하기 위해 글을 쓴다.

그대가 쓰고자 하는 글은
그대의 몸속에 이미 들어 있습니다

─《한승원의 글쓰기 비법 108가지》를 펼쳐든 당신께

그대가 쓰고자 하는 글은 그대의 몸속에 이미 들어 있습니다. 진실하면서도 아름답고 향기로운 글을 쓰려고 마음먹은 그대의 몸속에는 그러한 글이 이미 오래전부터 들어 있었습니다. 땅속에 뿌리를 내려 수분과 무기물을 빨아들여 줄기와 잎을 키우고 마침내 아름다운 꽃을 피워내는 장미나무가 어린 묘목이었을 적부터 이미 몸속에 꽃을 가지고 있었듯이. 다만, 그대가 알아채지 못하고 있었을 뿐입니다. 저는 그것을 꺼내드리기 위해 이 책을 썼습니다.

대지는 뽕나무를 키우고, 뽕나무는 누에를 키우고, 누에는 고치를 짓고, 거문고의 장인은 누에고치 2만 개의 실오라기로써 여섯 개의 줄을 만들고, 거문고의 그 줄들은 에밀레종의 소리처럼

애절하면서도 아름답고 향기로운 소리를 내고, 그 소리는 사람의
영혼을 절절하게 울리면서 신령스러운 새처럼 하늘 한복판으로
날아갑니다.

그대가 쓰고자 하는 글도 그와 같습니다.

이 책은 40여 년 동안 시와 소설과 동화와 수필 등의 글을 써오
면서 터득한 제 나름의 비법들을 소상하게 서술해놓은 것입니
다. 제가 내놓는 비법들과 거기에 곁들인 예문들을 속속들이 읽
고 나면 그대의 몸속에 이미 들어 있는, 포도주처럼 향기로운
'글'이 비 온 뒤의 죽순처럼 솟아나올 것입니다.

다만 이것을 명심하십시오. 이 세상에 존재하는 것들은 모두
자기의 고통을 비틀어 꼬아 빛을 만들고, 그 빛은 푸른 하늘 한복
판으로 너울너울 날아가는 찬란한 새가 된다는 것을.

이 책이 그대의 글쓰기에 많은 도움이 되기를 빕니다.

원고 완성을 오래 참고 기다려준 푸르메 여러분께 감사드립니
다.

2008년 가을의 문턱에서
해산토굴 주인 한승원

차례

▪ 글쓴이의 말　　　　　　　　　　　　　　　　　　　6

1부 글쓰기란 무엇인가

001	글은 자기 깨달음의 기록이다	17
002	글쓰기를 통해 일상의 삶을 꽃피워라	20
003	생명력을 예찬하는 일	23
004	우주의 씨앗 싹 틔우기	26
005	준비했던 폭죽 터뜨리기	28
006	우주의 말을 번역하기	30
007	탑처럼 하늘로 솟아오르기	33
008	자기의 끼를 드러내어 예찬하라	37
009	막힌 길 앞에서 당황하지 마라	40
010	깨달음을 얻었다면 치열하게 증명받아라	44
011	참회에서 성숙으로 가는 징검다리	47
012	글이 스스로 움터나게 하라	51
013	신명나게 타 넘어라	53
014	절대고독을 맛보아라	56
015	삶이 곧 글이다	58
016	내 머리를 탓하라	62
017	삶의 향기로운 반전	66

018 글쟁이는 치부노출증 환자　　　　　69

019 글쓰기에 미쳐라　　　　　73

020 목이 탄 개처럼 헤매지 마라　　　　　78

2부 글 쓰는 이의 정신

021 우주의 율동을 깊이 읽어내라　　　　　83

022 삶을 깊이 통찰하라　　　　　85

023 착하고 정직하고 솔직하게 써라　　　　　89

024 향기롭게 써라　　　　　93

025 사랑하는 마음으로 써라　　　　　97

026 거짓 없이 솔직하게 써라　　　　　99

027 글쓰는 과정을 즐겨라　　　　　103

028 내 눈빛이 별을 만든다　　　　　106

029 세상의 어둠을 읽어내는 눈　　　　　108

030 닭의 식탐을 배워라　　　　　113

031 육체와 영혼을 다스러라　　　　　116

032 멋스러움과 슬픔의 간극을 이해하라　　　　　118

033 기억의 창고에서 발효시켜라　　　　　121

034 자기를 유배시키고 가두어라　　　　　124

035 모든 이름난 글쟁이들은 편집광들이다　　　　　128

036 고정관념과 통념을 뒤집어엎어라　　　　　131

037   고지식한 사고방식을 버려라   134

038   새로운 시각으로 새 진리를 발견하라   136

039   삐딱한 시선으로 바라보라   140

040   여행지에서 나의 참모습을 발견하라   143

041   컴퓨터 글자판이 녹슬지 않게 하라   147

042   5천 권의 책을 읽고 만 장의 글을 써라   149

043   말의 퍼즐 놀이를 즐겨라   152

3부 글은 어떻게 쓰는가

044   푸지되 헤프지 않게 써라   159

045   경허 스님이 술을 마시듯이 써라   162

046   글 속에 숨은 그림을 감추어라   165

047   겨자씨 속에서 우주를 찾아내라   168

048   밀도 있게 살고 밀도 있게 써라   171

049   물 흐르듯이 꽃이 피듯이 써라   174

050   슬픈 눈빛으로 재구성하라   178

051   낙화의 슬픈 마음으로 써라   181

052   순리의 가락을 따라 써라   184

053   허방 혹은 플라시보를 이용하라   187

054   막고 품어라!   190

055   자연의 섭리를 따라라   192

056   글의 존재 이유를 분명히 하라   196

057   누가 써도 마찬가지인 글을 쓰지 말라   199

058 한사코 부지런히 써라 202

059 최소한의 글쓰기 기법을 배워서 써라 204

060 긴박하고 속도감 있고 창조적으로 써라 206

061 동물적인 본능으로 글감을 확보하라 208

062 시체를 본 까마귀처럼 덤벼들어라 212

063 글쓰기의 최고 비법 214

064 말의 절망에서 벗어나라 218

4부 글쓰기 실전

065 신화나 전설에서 글감을 찾아라 223

066 신화나 전설의 진실을 파헤쳐라 225

067 역사적 사실에서 글감을 구하라 229

068 속담에서 글감을 구하라 233

069 동물의 행태에서 진리를 찾아라 235

070 식물의 행태에서 진리를 찾아라 237

071 생물이나 무생물의 말을 들어라 239

072 사소한 것에서 진리를 찾아라 242

073 웃어른의 이야기에서 진리를 찾아라 244

074 멋진 광고 문안에서 역설을 배워라 246

075 말도 안 되는 말에 진리가 들어 있다 249

076 다른 사람의 말 속에서 글감을 찾아라 252

077 작은 글감 두세 개를 교배시켜라 254

078 남이 관심 가지지 않은 것에 주목하라 257

079 떠도는 이야기를 나의 글에 대입하라 259

080 어두운 이야기에서 희망을 건져내라 262

081 섬세하고 정확하게 묘사하라 264

082 글 속에 농현을 담아라 266

083 진부한 표현을 삼가라 268

084 비유라는 뗏목을 사용하라 271

085 시의 비결은 역설에 있다 274

086 수필을 쓰는 방법 276

5부 글을 꾸미는 법

087 비유법의 신비한 묘미를 터득하라 281

088 직유법과 은유법의 차이 285

089 상징법으로 글의 품격을 높여라 290

090 의인법으로 자연이나 사물을 친근하게 표현하라 294

091 활유법으로 생명을 불어넣어라 296

092 풍유법으로 진리를 에둘러 표현하라 298

093 반어법으로 진리를 표현하라 300

094 도치법으로 강조하라 302

095 인용법으로 글의 권위를 세워라 304

096 문답법으로 글에 변화를 주어라 306

097 점층법으로 독자의 주의를 끌어라 308

098 열거법으로 내용을 강조하라 310

6부 논술 쓰기의 비법

099	연역법이란 무엇인가	313
100	귀납법이란 무엇인가	314
101	유추법이란 무엇인가	315
102	논술로써 주의 주장을 당당하게 펴라	317
103	주의 주장을 조리 있게 펼쳐라	320
104	논술의 본론을 충실하게 써라	322
105	결론을 인상 깊게 써라	325
106	신빙성 · 타당성 · 건전성을 잃지 마라	327
107	우리 삶의 큰 원리를 알아야 한다	331
108	좋은 논술을 위한 연습문제	333

1부
글쓰기란 무엇인가

철학은 의심으로부터 시작된다. 그 의심은 미혹과 탐욕과 오만과 인색함과 옹졸함과 시기 질투 복수심을 그치게 하고, 깨끗하고 넉넉하고 드높은 삶을 보게 하고 그것을 열어가게 한다. 글쓰기는 바로 그 깨달음을 얻어가는 기록 이다.

001 | 글은 자기 깨달음의 기록이다

눈앞 가리는 꽃나무를 잘라 없애니
저녁 노을 아름다운 먼 데 산이 병풍처럼 펼쳐지네.

초의 스님이 일지암에서 도를 닦으며 쓴 시의 한 대목이다. 앞 구절은 나를 미망과 탐욕 속에 빠지게 하는 일들을 과감하게 쳐 없애는 일(止)이고, 뒤의 구절은 크고 드높은 지상의 삶(깨달음)을 열어간다(觀)는 것이다. 지관이 그것이다.

우리의 삶은 바쁜 일상 속에서 허덕이느라(미혹과 탐욕 속에 빠져 있느라고) 내 삶이 얼마나 추악해져 있고, 어디로 어떤 모양새로 흘러가는지 느끼지도 못한다.

그러다가 어느 날 문득 '나는 무엇이냐, 지금 어디로 흘러가는 것이냐!' 하는 의심(자각 증상)이 생긴다. 의심하고 또 의심하는 것이 명상이고 사유이다. 철학은 의심으로부터 시작된다. 그 의심은 미혹과 탐욕과 오만과 인색함과 옹졸함과 시기 질투 복수심을 그치게 하고, 깨끗하고 넉넉하고 드높은 삶을 보게 하고 그것을 열어가게 한다. 글쓰기는 바로 그 깨달음을 얻어가는 기록이다.

〈예문〉

농부가 이웃의 대밭에서 자기네 채마밭으로 뻗어온 솜대나무 뿌리를 파서 던지고, 대 뿌리가 다시는 건너오지 못하게 하려고 밭과 대밭 사이에 허벅다리가 잠길 만큼의 도랑을 팠습니다.

시인은 그 대 뿌리들을 서편 창문 앞 울타리에 심고, 이듬해부터 달이 서편으로 기우는 무렵 서창에 비치는 수묵의 대 그림자를 완상하고, 속 텅 비고 올곧게 살아가는 대나무 속으로 자기가 들어가고 대나무로 하여금 자기 속으로 들어오게 하는 경계 허물기를 즐겼습니다.

3년 뒤, 서편 울타리로부터 서너 걸음 떨어진 금잔디 마당 안쪽에서 죽순 하나가 솟아나왔을 때 시인은 경계를 허무는 그놈을 용납할 수 없어서 잘라냈습니다.

그 이듬해 5월부터는 마당 한가운데서 솟아오르는 죽순들과 싸워야 했습니다.

10년이 지난 어느 날 서재 서쪽 구석의 바람벽과 장판의 굽이에서 정체를 알 수 없는 것이 갈색 창끝 같은 머리를 들이밀고 있어 소스라쳐 놀라 살펴보니 죽순이었습니다. 온몸에 오소소 소름이 돋은 시인이 독한 마음을 먹고 그놈의 허리를 잘라버린 다음 우둔거리는 가슴을 안은 채 하늘을 향해 "아, 하느님, 나 죽고 나면, 경계를 허무는 이놈들 때문에 내 집은 무성한 솜대나무 밭이 되어버릴 터입니다" 하고 말하자 하느님이 말했습니다.

"그게 자연이라는 것이다."

― 〈경계에는 꽃이 피지 않는다〉 전문

002 글쓰기를 통해 일상의 삶을 꽃피워라

거대한 산봉우리처럼 장엄하되 웅숭깊은 숲과 골짜기를 지니고, 골짜기에서 솟아 강물 되어 흘러가되 스스로가 한 방울 한 방울의 샘물로 된 것임을 잊지 않고, 해바라기처럼 활짝 피어 해를 품에 안되 자기가 지난해의 한 알맹이의 꽃씨였음을 잊지 않고, 어머니의 자궁 밖으로 나오듯 고향을 벗어나되 고향의 개천과 어머니의 자궁을 잊지 않고, 고향으로 되돌아와 자기를 깊이 가두되 고향의 울타리에 갇히거나 얽매이지 않고, 한 이성을 사랑하되 그 이성의 품속에 갇혀 달콤한 맨살을 탐하려 애쓰지 않는다.

일상을 평이하게 살되 그 속에서 삶을 꽃피우려고 애써야 한다. 그것이 나의 글쓰기이다.

〈예문〉

　그해 가을의 어느 날 한밤중에, 나는 덕도 모퉁이의 들판에 있는 숙부네 논에서 거룻배에다 벼를 산처럼 쌓아 싣고 혼자서 바닷길을 노 저어 마을 앞 선창으로 향해 갔다.

　산 같은 볏짐으로 말미암아 뱃머리 앞쪽을 가늠해볼 수 없었다. 짐작으로 방향을 잡아 노를 저어 나아가야만 했다.

　내 눈앞에는 총총한 별들과 출렁거리면서 줄기차게 흐르는 해류와 별빛으로 인해 굴절되고 있는 어둠이 있을 뿐이었다. 바다의 물길에 어둡고 배 운전하기에 서투른 나는 땀으로 멱을 감듯이 하면서 노를 저었다. 어둠에 감싸인 섬 주위의 물목을 소용돌이치며 흐르는 해류에 대한 공포와 불안과 절망이 나를 사로잡았다.

　배가 소용돌이치는 해류 속에 휘말리지 않게 하고, 육지 쪽의 갯바위와 암초에 걸려 난파되지 않게 하려면 쉴 사이 없이 노를 저어야만 하는데 내 팔뚝은 힘을 소진하고 뻐드러졌다. 맥없이 뻐드러지는 팔뚝에 힘을 모으기 위해 이를 악문 채 노를 젓고 또 저었다. 젖 먹던 힘까지 다 써서 저었다.

　나 대신에 노를 저어줄 사람은 그 거룻배 위에 아무도 없었다. 하느님과 부처님도 도와주지 않고 용왕님과 산신님도 도와주지 않았다. 오직 내가 나의 지혜, 나 혼자만의 힘으로 이를 갈면서 물길을 찾아 배를 저어 나아가지 않으면 안 되었다.

　새벽녘에, 간신히 뱃머리를 마을 앞의 모래밭에 대놓고 나는 자갈밭에 쓰러져버렸다. 숙부가 다가와 말했다.

"아이고, 우리 승원이 넉넉히 장가 가겠다!"

나는 속으로 울며 부르짖고 있었다. 나 이렇게 살아 무얼 할 것인가. 눈 속으로 흘러든 땀으로 인해 수런거리는 별들이 굴절되고 있었다.

그때 슬퍼하고 있는 깜깜한 의식을 환히 밝혀주는 빛 한 줄기가 있었다. 그러한 고난의 삶 속에 나를 묻어두어서는 안 된다는 생각이었다.

'어느 한 어둠 속에 나를 묻어두는 것도 나이고, 거기에서 나를 꺼내 빛 속으로 나아가게 하는 것도 나이다.'

─〈어둠에서 빛 찾기〉 전문

003 생명력을 예찬하는 일

글이란 무엇이며 어떻게 써야 잘 쓰는 것일까. 그것은 가장 어려운 질문이겠지만 아주 쉽게 대답할 수도 있을 터이다.

삶은 세상으로부터, 우주로부터의 한 수 배우기를 통해 지리한 동어 반복에서 한 걸음씩 위쪽으로 나아가는 것이다. 그것을 참선하는 스님들은 한소식한다고 말하고 일반 사람들은 터득한다고 말한다. 그것은 자기 어둠[迷妄]의 껍질을 양파껍질처럼 한 꺼풀씩 벗겨나가는 것이기도 하다.

글쓰기는 사회와 역사와 자연의 여러 현상에서 진실 혹은 지상의 삶을 발견하는 일이다. 모든 글은 독자에게 "우리 삶의 진실이라는 것은 바로 이런 것 아닐까요? 혹은 이렇게 사는 것이 가장 진실된 삶 아닐까요?" 하고 질문한다. 그것은 달(지상의 삶)을 향해 손가락질하기이다.

한 선비가 봄이 왔다고 하여 온 산 온 들을 돌아다니면서 봄을 찾았지만 결국 찾지 못하고 집으로 돌아온다. 그랬다가 자기의 집 앞 돌담에서 움터나는 싹 하나를 보고 아, 그렇구나, 바로 이것이다, 하고 탄성을 질렀다면 그것은 새로운 발견이다. 그는 우주의 원리를 그 싹에서 발견한 것이고 그것은 한소식인 것이다. 그 원리란 것은 생명력의 예찬 그것에 다름 아니다. 그 발견을 진술하는 것, 그것이 글 아닐까. 모든 예술은 결국 생명력을 예찬하는 것일 터이니까.

〈예문〉

지금 원로가 된 한 여성 화가는 고등학교 교사로 재직하던 시절에 새장 하나를 손에 들고 다녔다. 그 속에는 두꺼비 한 마리가 들어 있었다. 그녀는 그 두꺼비에게 벌레를 잡아주며 정성스럽게 키웠다. 수업이 끝나고 교직원실로 돌아오면 줄곧 그 두꺼비를 들여다보곤 했다.

서울 우이동에 살 적, 내 집의 모퉁이 방에 젊은 부부가 세를 들었다. 남자는 실업자였다. 한데 뒤란 모퉁이에 새장 하나를 놓고 메추라기 두 마리를 키우고 있었다. 운동을 하러 마당에 나가면 그 남자는 쪼그리고 앉아 메추라기를 들여다보고 있곤 했다. 알고 보니 그 남자는 한국화를 공부하고 있었다.

대밭 밑인 데다 마당에 잔디가 깔려 있는 내 토굴에는 지네가 출몰하곤 한다. 여성들의 팔찌 하나를 풀어놓은 것만 한 것도 있고 칫솔만 한 것도 있다.

어느 날 나는 이놈들을 잡아 처형시키기만 할 것이 아니라는 생각을 했다. 인스턴트 커피병 하나를 물로 헹구어 씻었다. 어느 날 밤 내 이불 속에 들어와 새끼발가락을 물고 달아나는 놈을 병 속에 담고 뚜껑을 닫았다. 그놈이 숨을 수 있는 낙엽을 넣어주고 벌레도 잡아 넣어주었다. 아내는 끔찍스러워한다. 그렇지만 나는 아내가 깎고 있는 밤에서 나온 벌레를 병 속에 넣어주기도 하고 지렁이를 잡아 넣어주기도 하며 바야흐로 그놈하고 함께 사는 재미를 누리고 있다. 이 세상에 존재하는 것들 가운데 정들이며 살지 못할 것이 무엇이겠는가. 정들여놓으면 이야기가 태어난다.

—《바닷가 학교》중에서

004 | 우주의 씨앗 싹 틔우기

 늦가을 나목 앞에 서서 썰물로 인해 드러난 잿빛 갯벌밭을 내려다보면서 생각한다. 우리에게 있어서 글쓰기란 무엇일까.

 바야흐로 움트는 새싹에서 탄생의 환희를, 티끌처럼 작고 앙증스러운 들꽃에서 하늘을 향해 쏘아 올리는 폭죽 같은 사랑을, 단풍 들어 떨어져 말라비틀어진 채 차가운 바람에 들쥐 떼처럼 달려가는 낙엽에서 윤회를 느낀다.

 큰 사건이 아니라 미세한 바람결에 고개를 내젓는 나뭇잎의 웃음 같은 하잘것없는 사건에서 가슴 뜨거워지는 나의 모습을 발견해 문득 놀라고 가슴앓이를 하는 또 하나의 나(사실은 이것이야말로 외경스러운 큰 우주적인 사건이다)의 감정의 무늬와 결을 기록하는 일이다.

 그것은 무엇인가. 무몰(無沒), 절대로 영원히 없어지지 않을 우주를 만드는 정자와 난자 같은 씨앗을 품고 살아가기이다.

〈예문〉

아침 안개 너울 쓴

신부처럼 우유빛 이빨 가지런히 내놓고 웃는 그녀의 가슴을

쿵쿵 코끝으로 더듬는데 뒷산의 뻐꾹새

뻐꾹뻐꾹 앞산의 장끼

꿩꿩 동네방네에다 소문내고 있습니다,

'저것들, 저것들

시방, 시방

사랑하고 있네에!'

그래, 차라리 사랑은

그렇게 들통나버려야만

드러내놓고 신명나게 너울거릴 수 있습니다

주변인들의 호들갑스런 너스레와 떠벌림을 축복삼아.

─〈치자꽃〉 전문

005 | 준비했던 폭죽 터뜨리기

마당에 산난초의 향기가 자욱하다. 늦은 겨울 내내 산난초가 꽃대를 밀어올리더니 드디어 꽃을 터뜨린 것이다. 매화나무도 이때껏 추위를 감내하면서, 겨자씨만 한 꽃망울을 녹두알만 하게 키우고, 다시 그것을 콩알만 하게 키웠다가 꽃송이를 터뜨렸다. 다음에 인용한 짧은 예문도 그 꽃나무들처럼 쓴 것이다. 글을 한 편 쓴다는 것은 내내 준비했던 응어리 같은 생각의 덩어리를 폭죽처럼 터뜨리는 것이다.

〈예문〉

사랑하는 그대여 보았습니까. 안개 낀 봄밤에 별들이 여닫이 바다하고 혼례 치르는 것, 보았습니까. 한 여름 보름달이 마녀로 둔갑한 바다와 밤새도록 사랑하고 아침에 서쪽으로 가며 창백한 얼굴로 비틀거리는 것, 보았습니까. 늦가을 어느 저녁에 여닫이 바다가 지는 해를 보내기 싫어 소주 한 병에 취하여 피처럼 불타버리던 것, 보았습니까. 달도 별도 없는 겨울 밤 눈보라 속에서 여닫이 바다가 혼자 외로워 울부짖으면서 몸부림치는 것, 그대 알아채셨습니까, 여닫이 바다의 몸짓이 사실은 제 마음을 늘 그렇게 표현해주고 있다는 것.

―〈여닫이 바다의 혼례〉 전문

006 | 우주의 말을 번역하기

봄은 여자들의 계절이고 가을은 남자들의 계절이라 하지만 사실이 아니다. 봄이란 계절은 여자와 남자들을 모두 똑같이 성가시게 괴롭히고 환희하게 한다. 그것은 사랑으로 인한 것이다.

광양 순천 구례 곡성 사람들은 진작부터 고로쇠 물을 받아 나누기 시작했고, 꽃들이 피었고, 별들이 날아들어 꿀을 빨았다.

복수초의 황금색 꽃, 매화꽃이 떨어지자 살구꽃이 핀다. 꽃샘바람이 맵차다. 보라색의 나발나물꽃이 한창이다. 머지않아 개나리꽃 민들레꽃 진달래꽃 벚꽃 철쭉꽃들이 세상을 화사하게 장식할 터이다.

산에서는 비둘기가 울고, 박새들이 짝을 찾는다. 연못에서는 개구리들이 짝짓기를 하고 알을 낳는다. 여기저기에서 결혼 청첩

장이 날아온다.

봄은 모든 것들을 꿈틀거리게 한다. 그 모습을 준동(蠢動)한다고 표현한다. 봄에는 모든 사람들이 시인이 된다. 시를 글로 쓰지 않는 사람들은 몸으로 시를 쓴다. 꽃에 코를 대고 킁킁 향기를 맡는 행위 자체가 몸으로 시를 쓰는 것이다.

글을 쓴다는 것은 우주의 행위나 말을 인간의 말로 번역하기이다.

〈예문〉

산신령님, 그것을 아십니까, 꿈에 즐겁게 술을 마신 사람은 이튿날 아침에 슬피 울고, 꿈에 슬피 운 사람은 이튿날 산으로 사냥을 간다는 것. 그것을 아십니까, 사랑하는 산신령님, 당신의 산은 꼭두새벽이면 발기하는 우리들의 욕망, 우리들의 위대한 성기라는 것. 그것을 아십니까, 우리들이, 신화 소용돌이치는 하늘 호수 속에 우리들의 머리통을 처넣기 위해 산정엘 오른다는 것. 그것을 아십니까, 사랑하는 산신령님, 우리들이 하늘 호수에 사정한 올챙이 모양의 정자들이 우리들의 할머니 곰녀로 하여금 또 하나의 신화를 잉태하게 한다는 것. 그것을 아십니까, 제암산에 핏빛으로 피는 철쭉꽃들이 청치마 펄럭거리는 하늘 호수의 달거리이고, 천관산에 은색으로 타오르는 혼령들이 사실은 우리들이 분사하는 혼령 정액이라는 것. 그것을 아십니까, 사랑하는 산신령님, 봄이면 골짜기에 지천으로 피는 산난초 향기와 밤꽃의 향기가 하늘 호수와 산이 사랑할 때 쏟아내는 체액의 향기라는 것. 그것을 아십니까, 세상의 모든 수탉들이 살아 있는 한 거듭 하늘 향해 고개 쳐들고 꼬끼오 울어대고, 살아 있는 한 자꾸 암탉의 꽁지를 물고 올라타듯이, 우리들이 살아 있는 한 산에 오르고, 살아 있는 한 모든 산봉우리의 우듬지를 아드득 물고 하늘 호수에 머리를 처넣으며 야호 소리를 질러댈 것이라는 것. 그것을 아셨으면, 산신령님, 부디 우리들의 비지땀 흘리는 사랑 산행을 축복해주십시오. 산신령님, 사랑하는 산신령님.

─〈제암산 산신제 축문〉전문

007 | 탑처럼 하늘로 솟아오르기

서재에서 글을 쓰다가 가슴이 답답해지면 마당으로 나간다. 감나무 밑에 선 채 하늘을 쳐다본다. 심호흡을 하면서 하늘을 가슴 가득하게 들이켠다. 하늘이 몸 안으로 들어온다. 내 몸과 마음은 마치 공기가 팽팽하게 들어찬 기구처럼 하늘로 날아오른다. 하늘은 맑게 개어 쪽빛일 때도 있고 구름이 끼어 잿빛일 때도 있다.

나는 하늘이 없었으면 아마 가슴 답답증을 여의지 못한 환자로 살고 있을 것이다. 얼굴색 창백하고 빼빼 마른 환자.

선생님에게서 회초리를 맞았을 때, 집안 어른들에게서 꾸중을 들었을 때, 누군가가 나를 두고 떠나갔을 때, 친구들에게서 따돌림을 받았을 때, 상대방보다 훨씬 덜 가졌다는 생각으로 말미암아 심한 불만족이 느껴졌을 때, 나는 나도 모르는 사이에 하늘을 처다보곤 했다. 하늘은 어김없이 내 가슴으로 들어와 쪽빛 물을 들여주었고 내 몸은 금방 평온해지곤 했다.

밤에 마당으로 나오면 총총 빛나는 별들을 처다본다. 달이 떠 있을 때는 달을 내내 처다본다. 두 발로 서서 땅바닥을 디디며 걸어다니는 내가 하늘을 처다본다는 것은 무엇인가.

글쓰기도 이런 것 아닐까.

〈예문〉

30대 초반, 광주에서 교직 생활을 하며 틈 내어 소설을 쓰고 살 때, 문인들의 망년회에 갔다가, 개차반이 되도록 술을 마신 나는 대여섯 살쯤의 선배 시인들을 향해 말한 적이 있었다.

"당신들처럼 시를 쓰려면, 나는 발가락에다가 볼펜을 찔러가지고 하룻밤에 백 편도 더 쓸 수 있어요."

그들은 껄껄 웃기만 하고 나를 몰매 때리려 하지 않았다.

말이 말 같지 않아서였을까.

나는 그 치기어린 순간의 일을 첫 시집의 서문에 사죄하듯이 썼었다.

내가 52살 되던 해에 〈문학과 지성사〉에서 첫 시집 《열애일기》를 냈을 때 해설을 써준 김주연 형이 말했다.

"그럴 줄 알았어. 한승원의 소설에는 시가 떠다니고 있었어."

〈문학과 지성사〉에서는 30여 년 동안 내가 소설가로서 얻은 명성으로 인하여 그 시집을 내준 것은 아니었을 것이다. 나는 어린 시절부터 시를 써왔는데 소설가로 먼저 등단했으므로 소설가로 활동을 해왔을 뿐이었다.

소설을 쓰는 동안 나는 시 쓰는 일을 참곤 한다. 아니, 소설 쓰기라는 서사의 세력지(勢力枝)로 영양분이 쏠리기 때문에 서정성의 시의 가지로는 영양분이 올라가지 못하므로, 꽃이 피지 못하고 있었을 뿐이다. 그러나 땅에 박힌 지 백 년 뒤에도 움이 트는 성정을 가진 내 시의 씨앗은 늘 몸을 웅크린 채 기회가 오기를 기다리고 있었다.

절망이, 죽음이 앞을 가로막을 때 나의 시는 움트곤 했다. 《열애일기》 《사랑은 늘 혼자 깨어 있게 하고》 《노을 아래서 파도를 줍다》 《달 긷는 집》 이 그것들이다.

시를 쓸 때 시어 하나를 가지고 몇 날 며칠 고심한다. 돌담을 쌓은 적이 있다. 돌 하나를 놓을 때, 그 돌은 밑에 놓인 돌과 양옆에 놓이는 돌과 위에 놓이는 돌들이 서로 아귀가 맞아야 한다. 시어도 그러하다.

나는 시를 여기(餘技)로 쓰지 않는다. 시를 위해 우주에 대한 공부는 하지 않으면서, 자주 씀으로써 사념이나 서정이 물 타기로 인해서 희멀겋게 희석된 것, 그리하여 기다랗게 늘어난 시를 나는 미워한다. 나는 치열한 삶이 보석처럼 앙금진 것을 좋아한다.

세상에는 쓰는 시(시를 쓸 목적으로 제작한 시)와 쓰여진 시(치열한 삶으로 인해 자기도 모른 새에 앙금진 시)가 있다. 대개의 시인들이 시를 쓰는데, 나는 그렇게 쓰지 않는다. 내 삶의 농장 바닥에 떨어져 있는 이삭을 줍듯이 시를 줍고 있을 뿐이다.

나는 우주로 뻗은 머리카락 같은 뿌리로 영양분을 얻어 소설을 쓰는데, 그 소설은 시를 향해 날아가고, 그 시는 음악을 향해 날아가고, 그 음악은 무용을 향해 날아가고, 그 무용은 우주의 율동을 향해 날아간다. 그것의 종착점은 우주의 시원이다.

　내 사전에는 최고의 시가 다음과 같은 것이라 기록되어 있다.

　'하늘의 관광(寬廣)한 음률을 떠받치는 땅의 요분질 같은 지령음(地靈音), 그것을 따라 추는 우주의 춤사위.'

－〈소설은 시를 향해 날아간다〉 전문

008 자기의 끼를 드러내어 예찬하라

귀뚜라미가 한밤에 내 토굴 안으로 들어와 무엄하게도 귀뚤귀뚤, 나 여기 살아 있다고 노래한다. 건너편 김영감네 수탉은 건강하게 살아 있는 한 쉴 사이 없이 꼬끼오 하고 노래하고 또 암탉들하고 교미하고 또 교미한다. 나방들은 알록달록한 무늬로 날개를 치장한다. 소설가인 나는 살아 숨쉬는 한 글을 쓰고, 화가인 내 친구는 숨쉬는 한 그림을 그리고 또 그릴 것이다.

어떤 여인들은 머리에 황갈색 물을 들이고 청바지를 입고, 어떤 여인은 말의 갈기처럼 생머리를 하거나 귀걸이를 하거나 배꼽을 내놓고, 손톱과 볼과 입술에 색칠을 한다. 어떤 50대에 접어든 여인은 달거리가 시작될 때마다 스스로의 젊음을 축하하며 포도주 한 잔씩을 마신다.

글쓰기, 그것 결국 자기의 끼 예찬하기에 다름 아니다.

〈예문〉

치기어린 시와 풋사랑에 질펀하게 젖어 살던 내 스무 살 시절
한밤중에 부르는 소리 있어
골목길 걸어 앞산 잔등 넘어가면
그놈이 밤안개 너울 쓰고 달이랑 별이랑 바람이랑
백사장이랑 갯바위랑을 짓궂게 희롱하며 너울거렸습니다.

포구 주막의 까맣게 그은 와사등 아래서 쌉쌀한 막걸리 한 됫병에
가오리의 지느러미 안주로 먹고 모래밭으로 나와 혀 굽은 소리로
이 자식아, 왜 불러냈어? 하면 그놈은
싱긋 웃으며 덩실덩실 춤만 추었습니다.

머리칼 희어지고
그 시절의 시와 사랑 안개구름 속으로 사위어간 이즈음도
무시로 불러내는 소리 따라 발밤발밤 여닫이 바다 모래밭까지 걸어 나
가
이 자식아 왜 자꾸 불러내? 하면 그놈은
마찬가지로 싱긋 웃으며 어깨춤 엉덩이춤만 움씰거립니다.

그놈의 깊은 속뜻 알 듯도 하고 모를 듯도 하여 나는 물 좋은

농어회나 낙지 안주에다가 술 한 병 들이켜고,

코 찡긋거리고 어깨 움씰거리며

그놈의 춤을 그냥 즐길 수밖에요.

―〈나의 백년지기 바다〉 전문

009 | 막힌 길 앞에서 당황하지 마라

나의 아침 산책길은 마을 앞 농로를 관통하여 바다로 뻗어 있다. 나는 하루 한 차례씩 바다를 대면하지 않으면 안 된다. 바다는 나의 사유의 시공이고, 내가 기리는 자유의 얼굴이다. 나를 세상에 있게 하는 까닭을 설명해주는 자궁이고 나로 하여금 넉넉하게 우주 속에 꽃으로 장식될 수 있도록 용기를 주는 어머니이다.

바다를 보러 가는 그 길에서는 아무런 부담이 없어야 한다. 아침마다 길을 바꾸지 않고 항상 가곤 하는 길을 또다시 가는 것은 길을 간다는 생각에 걸리지 않으려는〔無碍〕 것이다.

그 길 한가운데에다가 거대한 트럭이 흙을 실어다 푸고 있다. 이미 산처럼 쌓인 흙더미로 인해 길이 막혔다. 굴착기가 흙 고르는 일을 하고 있다. 나는 막힌 길 앞에서 절망하고 당황하지 않을 수 없었다. 대관절 누가 이 무지막지한 짓을 하고 있는 것인가. 주인이라는 중년 남자가 내 앞에 허리를 굽실하고 그곳이 자기 사유지라고 말했다.

그렇다고 길을 막는 것은 도리가 아니지 않느냐고 항변하자, 주인은 어찌할 수 없다고, 앞으로 산책할 소로 하나도 주지 않을 거라고 했다.

울분에 쌓인 가슴을 바닷바람으로 씻으면서 절망하는 나를 달랬다. 사람의 길은 늘, 무지막지하게 막힌 곳에서 새롭게 열리지 않던가.

우리들의 글쓰기라는 것도 늘 새로운 길 뚫고 나아가기이다.

〈예문〉

내가 삶의 지표로 삼는 두 가지 보배가 있는데, 그 하나는 석가모니 부처님의 맨발과 "천상천하유아독존(天上天下唯我獨尊)"이라는 말이다.

석가모니 부처님은 길 위에서 태어나 평생토록 길 없는 길을 '맨발'로 걸어 다니다가 그 길 위에서 열반하셨다. 제자들은 시체를 관 속에 넣어놓은 채 가섭을 기다렸다. 먼 곳에서 중생들을 교화하고 있던 가섭은 엿새 뒤에 도착했다. 가섭이 관 앞에 꿇어 엎드려 절을 하고났을 때 관 아래쪽이 터지면서 석가모니 부처님의 두 발이 그의 앞으로 나왔다. 이것이 '곽시쌍부(槨示雙趺)'이다.

석가모니 부처님은 왜 하필 가장 사랑하고 믿었던 제자인 가섭 앞에 두

맨발을 내놓았을까. 그에게 대관절 무얼 말해주려고 그랬을까.

부르텄다가 낫고 또 부르텄다가 나으면서 옹이 같은 굳은살이 박인 그 맨발을 보고 가섭은 무엇을 생각했을까. 그 맨발은 우리에게 무엇인가. 길이다.

멀고 먼 길을 걸어서 다녀본 고통스러운 경험이 있다.

초등학교를 막 졸업한 나는 토요일이나 일요일에, 나의 고향 집과 읍내 중학교까지의 길 35킬로미터를 내내 걸어서 왕래하곤 했었다. 가다 쉬고 또 가다가 쉬고, 등에 짊어진 양식 보따리와 손에 든 반찬 단지가 무거우면 이런저런 달콤한 생각을 하면서. 나루를 건너고, 칼끝처럼 날카로운 조개껍질에 발바닥을 찔리면서 갯벌밭을 걸어가고, 강굽이와 산모퉁이를 돌고. 절망하면서 흐르는 땀을 씻고 골짜기에서 흘러내리는 물을 마시고, 또 절망하면서 부르튼 발을 담가 씻고 가파른 재를 넘고 들판을 건너고…….

평생토록 소설을 그렇게 써왔다. 한 자 한 자 박아 쓰고, 그 사물이나 사건을 표현하는 데 알맞은 낱말 하나하나를 골라 쓰고, 더욱 아름다운 문장을 쓰기 위하여 절망하고 또 절망하면서.

세상의 모든 길이 열려 있는 것은, 이 땅에 태어난 모든 사람들로 하여금 걸어가도록 하려는 것이다. 열려 있는 길을 다 걸어간 다음에는 혼자만의 길 없는 길 위로 들어서야 한다. 그 길은 그 길을 밟아가는 자들을 절망하게 한다. 절망이 없으면 길도 없다.

추워 몸 웅크리고 떨던 겨울새 한 마리
푸르르 날아가다가
마른 나뭇가지 끝에서

오랫동안

한 점 쉼표를 찍더니

검푸른 하늘 저쪽으로 한 점

마침표처럼 멀어져간다

그 한 점에서 나의 세상은 끝이 난다

아니

그 한 점에서 나의 세상은 다시 시작된다.

— 〈길에 대하여〉 전문

깨달음을 얻었다면
치열하게 증명받아라

한 사람이 다른 한 사람을 사랑한다는 것은 자기를 상대에게서 증명받고 싶어하고 상대를 증명해주고 싶어하는 행위에 다름 아니다. 자기를 증명해줄 사람이 없을 때 또 자기가 증명해줄 만한 사람이 없을 때 우리는 얼마나 슬퍼지는가.

꽃은 자기가 몸담은 세상으로부터 아름다움과 향기로움을 증명받고 싶어서 피는 것이고, 새는 세상의 모든 귀 가진 것들로부터 네 노래가 나를 감격하게 했다는 증명을 받기 위해 목청껏 노래하는 것이고, 그 노래를 듣는 자는 그 노래를 증명해주기 위해 귀기울여 듣는 것이다. 노래방에 가서 노래를 하면 기계가 아주 높게 채점을 해주는데, 노래하는 자들은 그것이 어처구니없는 엉터리 채점임에도 불구하고 즐거워한다.

다산 정약용을 읽어보면 재미있는 점을 발견할 수 있다. 다산은 강진에서 유배살이를 하며 한 권의 책을 저술할 때마다 그것을 구태여 고해절도인 흑산도에서 유배살이를 하는 형 손암 정약전에게 보내 읽어달라고 하곤 했다. 말하자면 정약용의 첫번째 독자는 형 정약전이었던 것이다.

그는 작업의 결과물을 늘 형에게서 증명받고 싶어했다. 형 정약전도 늘 자기 아우에게서 자기의 작업의 결과를 증명받고 싶어했다.

글쓰기도 그러하다. 자기가 살아 있음을 증명받고 싶어 글을 쓰고, 내 삶을 나 스스로에게 증명해주고 싶어 글을 쓴다. 객관적으로 볼 때 별로 잘나지도 않은 자기 얼굴과 자기 몸매에 반하여 사는 그 미친 짓이 없다면 이 세상을 무슨 재미로 살 것인가.

〈예문〉

닭을 키워보면 재미있는 것을 발견할 수 있다. 수탉은 자기가 건강하게 살아 있으면 한 10분쯤의 간격을 두고 두 다리를 앙바틈하게 벌리고 하늘을 향해 꼬끼오 하고 운다. 그것은 이 세상을 향한 자기 존재의 선언이다. 건강한 수탉인 경우, 수시로 암탉의 꽁지를 물고 올라탄 다음 교미를 한다. 그것은 자기 살아 있음의 증명이다.

목숨이 다할 때까지 책 5백 권을 써낸 다산 정약용 선생은 글쓰기에 미쳐 있었다. 평생 그림을 그리며 살아온 르누아르는 늙어 오른손이 마비되

자 간병인에게 손과 붓을 칭칭 감아 묶어달라고 해서 그림을 그렸다. 죽음을 두 달 앞둔 그는 아들에게 말했다.

"애야, 나는 이제야 그림다운 그림을 그릴 수 있을 것 같구나. 어떤 그림이 진정으로 아름다운 그림인지 알 수 있게 되었다."

나도 그분들에게서 삶을 배운다. 내 삶을 글을 통해 표현하는 것이 내 삶을 완성시키는 길이라는 것. 그리하여 나는 말하곤 한다.

"살아 있는 한 글을 쓰고 글을 쓰는 한 살아 있을 것이다."

— 〈나는 왜 글을 쓰는가〉 중에서

011 | 참회에서 성숙으로 가는 징검다리

대개의 경우, 심장병 위장병 간장병에 걸린 사람은 탐욕이 많은 사람이고, 모든 탐욕 많은 사람은 지금은 건강할지라도 머지 않아 그런 병에 걸리게 될 사람이라고 한 의사가 말했다. 희망은 절망과 방황을 먹고 싹트고, 착하게 거듭나는 삶은 참회를 통해 태어난다. 희망과 착함으로 거듭나는 사람에게는 환희심이 일어나고 그 환희심은 엔돌핀을 많이 나오게 하므로 암에도 걸리지 않는다는 것이다.

세상의 모든 불은 어둠을 먹고 산다. 자기가 어둠 속에 들어 있음을 아는 자는 불을 밝히지만, 자기를 감싸고 있는 것이 어둠인 줄을 모르는 사람은 불을 밝히려 하지 않는다.

세상에는 가시적인 어둠과 비가시적인 어둠이 있다. 비가시적인 어둠은 마음의 어둠, 즉 미망(迷妄)이다. 미망은 오만 탐욕 시기 질투에 젖어 복수를 꿈꾸는 자가 밟아가는 어두운 길이다.

어둠에 불을 밝히듯 우리는 미망 속에서 참회해야 한다. 그 참회가 성숙이다. 참회라는 징검돌을 밟으며 성숙으로 나아가는 길바닥에 글쓰기가 놓여 있다.

〈예문〉

내 기억의 창고 속에 들어 있는 파랗고 깊은 하늘은 나에게 늘 신통스러운 영감과 구원을 주는 오묘한 시공이다.

초등학교 4학년 어느 초여름 날 한낮에 나는 문득 우리 학급에서 대단한 권력자인 병출에게 "나 너한테 할 말이 하나 있다" 하고 말을 했다. 그에게 늘 박해를 받아오곤 한 나로서, 그것은 대단한 용기였다. 병출이 눈을 크게 벌려 뜨고 "응? 무슨?" 하고 물었다. 여느 때 바보처럼 고개를 숙이고 다니기만 하던 나의 변모를 놀라워하고 있었다.

'이 자식이 그 사이에 무슨 싸움질 기술이라도 배웠을까. 그리하여 나한테 도전을 하겠다는 것일까.'

그는 눈을 자주 깜빡거리면서 나의 두 눈을 뚫어지게 바라보았다.

나는 병출을 앞장서서 학교 뒷동산의 숲속으로 들어갔다. 병출이가 잠시 망설이다가 나를 따라왔다. 다른 아이들이 무슨 일인가 하고 따라오려고 했다. 나는 병출에게 다른 아이들이 따라오지 못하게 해달라고 말했다. 병출이 따라오는 아이들에게 고개를 저었다. 아이들이 발을 멈추고 서로의 얼굴을 건너다보았다.

병출이와 나는 숲속의 그늘에서 마주 앉았다. 동백나무 잎사귀들과 소나무 가지 사이로 날아온 흰 햇살이 나를 내려다보고 있었다. 그 흰 햇살이 나를 절망하게 하였다.

나는 병출에게 하기 위하여 준비한 말이 있었다. 그런데 그 말을 그 흰 햇살 앞에서 뱉으면 나는 참새 한 마리나 풍뎅이 한 마리처럼 조그마해져 버릴 것 같았다. 내가 준비하고 있는 말은 슬프고 비겁한 아부였다. "병출이 너, 나하고 좀 친하게 살 수 없겠냐? 무엇이든지 네가 달라는 대로 가져다가 줄게. 쌀도 얼마든지 퍼다 주고, 떡도 가져다 주고, 돈도 훔쳐다가 줄게. 나는 네가 미워하는 한 여기에서 더 살아갈 수가 없다" 이것이었다.

혀끝을 아프게 깨물었다. 나는 그 흰 햇살 때문에 준비해온 그 말을 뱉을 수 없었다. 입을 굳게 다문 채 어깨를 들어올리면서 심호흡을 했다.

병출은 고개를 쳐든 채 어디인가를 바라보며 나의 입에서 흘러나올 말을 기다렸다. 나도 병출이가 쳐다보는 곳을 바라보았다. 거기, 숲 사이로 새파랗고 깊은 하늘 한 조각이 보였고 솜털 같은 흰 구름 한 장이 지나가고 있었다. 그 순간 나도 모르는 사이에 심각한 어조로 "나 대덕국민학교로 전학갈 것이다" 하고 말했다.

병출이는 입을 약간 벌린 채 나의 두 눈을 빤히 들여다보기만 하다가 이윽고 "그래? ……언제 가냐?" 하고 무뚝뚝하게 물었다.

나는 병출이가 나의 순간적인 거짓말을 곧이 들어주는 것이 고마웠다. 울음이 나오려 하는 것을 참고 말했다.

"그것은 모르겠어."

나의 이 말에 목울음이 섞여 있었다.

병출이는 나의 얼굴을 더이상 마주 바라보려 하지 않았다. 자기가 이때 껏 박해하여온 나와의 이별을 생각하는 것일까.

"당분간은 다른 아이들한테 말하지 말아주라."

사실은 절대로 하지 않게 될 나의 전학 문제가 널리 퍼지지 않기를 희망 했다. 그리고 그 일을 가능한 한 미루어가고 싶었다.

"알았다."

병출이의 그 말이 떨어진 순간 나의 가슴에서 울음이 솟구쳐 올라왔고 눈물이 비오듯이 쏟아졌다. 나는 팔뚝으로 눈물을 씻으면서 어혹 어혹 하 고 울기 시작했다. 병출은 잠시 흘러가는 구름을 쳐다보다가 몸을 일으키 더니 나를 숲속에 둔 채 밖으로 나가버렸다.

그때 왜 그런 거짓말이 문득 떠오른 것이었을까. 파랗고 한없이 깊은 하늘이 그 거짓말을 가르쳐준 것이라고 생각했다. 나 자신도 그 거짓말을 이해할 수 없었다. 그것은 내 속의 불가사의였다.

한데 그 거짓말은 이상스러운 효능을 발휘했다. 그것이 권력자인 병출 이와 그를 따르는 아이들에게 어떤 충격을 준 것이었을까. 그들은 약속이 나 한 듯이 나를 전처럼 따돌리고 박해하려 하지 않았다.

― 〈새파란 하늘에게서 얻는 영감 혹은 구원〉 중에서

012 | 글이 스스로 움터나게 하라

뒷산 소나무 숲에서 날아온 박새 한 마리가 마당 가장자리 늙은 감나무의 비에 젖은 잔가지 끝에 앉는다. 새눈이 나오려면 아직 먼 잔가지. 저 가볍고 작은 새가 살포시 앉았는데 늙바탕에 든 나무의 잔가지는 미세하게 흔들리고 있다.

간지러워하고 있다. 떨고 있는지도 모른다. 간지러움이나 떨림이 있는 저들의 인연은 어디로부터 연유한 것일까. 저들의 인연도 전생에서 5백 개의 홀 맺힌 관계로 말미암은 것일까.

저들은 단둘이서만 만나고 있지 않다. 응접실 유리창을 통해 저들의 만남을 엿보면서, 간지러워한다든지 떨고 있다든지 하고 생각하며 가슴 설레어하는 나하고 셋이서 만나고 있는 것이다.

저들이 느끼는 간지러움이나 떨림의 무늬와 내 속에서 만들어

지는 간지러움이나 떨림의 무늬에는 어떤 차이가 있을까. 나로
하여금 이 우울, 이 슬픈 생각 속에 빠져들게 하는 힘은 무엇일까.
내가 봄을 타는 모양이다.

　삶이 그러하듯 글은 내 속의 에너지로 인하여, 세상과의 인연
으로 인하여 스스로 움터난다.

〈예문〉

5월 열닷샛날 한낮,
　보라색 치마저고리 입고 광천동 신어머니의
　굿판에서 미친 듯 뜀박질 춤추곤 하는
　새파란 새끼무당의
　신당 앞에 서있는 허리 잘록한 오동나무
　그녀가 가야금으로 켜는
　시나위 가락의 농현 같은
　향기
　끝 간 곳 모를 짙푸른 하늘 자락에
　산풀이 춤사위처럼 흘러가는
　귀기 어린 비백(飛白) 한 자락
　눈이 시립니다.

—〈오동나무 꽃〉 전문

013 | 신명나게 타 넘어라

산(山) 사람들은 산을 타는 힘과 기량이 뛰어나다고 혼자만 앞
장서서 올라가지 않는다. 동료들은 따라오지 못하는데 혼자 정상
에 올라 야호 하고 외치는 그는 얼마나 야속하고 가증스러운가.
다섯 사람일 때 그 가운데 기량과 힘이 가장 처진 사람을 기준으
로 산행이 진행되어야 한단다.

삶은 함께 가면서 부대끼기이다. 그러나 부대끼기만은 아니다.
부대끼기일 뿐이라면 노예의 삶 아닌가. 노예의 삶이라고 느낄
때 우리는 주인을 증오하고 경멸하고 저주한다.

삶은 함께 가며 즐기기이다. 사실은 즐기기가 부대끼기이고 부
대끼기가 즐기기여야 하는데 그것이 어느 한쪽으로만 치우치게
되면 오만해지거나 짜증나고 우울해진다. 상대가 나를 부대끼게

할 때 파도처럼 너울거리며 타 넘어야 한다. 그것이 신명이다. 운동선수들이 시합을 즐기면서 신명나게 하지 않을 때 실수를 연발한다고 들었다. 글도 그러하다.

〈예문〉

군청 문화관광과에서 내가 사는 마을 앞에 〈해산토굴〉이란 입간판을 세워놓았다. 나를 찾아오는 많은 사람들을 위해 깊은 배려를 해준 것일 터인데, 이후로 여러 가지 재미있는 일이 일어났다.

"여기 부처님 모십니까?" 하고 참배하러 오는 사람들이 있다. 나는 마당으로 나가서 그들에게 건너편 산자락에 암자가 있음을 가르쳐준다.

차 공부를 한다는 어떤 사람이 "지나가다가 선생님과 사모님께서 만드신 차를 한 잔 얻어 마시고 싶어서 들렀습니다" 하고 말했을 때 나는 거절하지 못했다. 이때 나는 생각했다. 이 사람이 사실은 관세음보살인데 나를 시험하러 왔는지도 모른다.

어느 날 점심때 언덕 아래의 살림집으로 점심을 먹으러 가기 위해 현관문을 나서는데, 감색 승용차 한 대가 주차장으로 들어왔다. 그 승용차에서 내린 갈색 바지에 회색 윗도리를 걸친 중년 남자가 나를 향해 왔다. 어떻게 오셨느냐고 내가 물었더니 그가 말했다.

"여기 새우젓 파십니까?"

나는 어처구니없어 도리질을 하며 "여기는 제가 글을 쓰는 곳입니다" 하고 말했다. 그는 불쾌한 표정을 지으면서 몸을 돌리더니 승용차를 몰고 주차장을 빠져나갔다. '새우젓도 팔지 않으면서 〈해산토굴〉이라고 입간판을 세워놓고 사람을 헷갈리게 하느냐?' 하고 생각하며 그는 돌아갔을 것이다.

그 입간판을 보면서 기껏 새우젓이나 생각하는 그의 시각을 깔보며 오만해진 채 아랫집을 향해 발을 옮기던 나는 문득 생각했다. 저 사람이 관세음보살의 화신인지도 모른다.

음음한 토굴에서 갈무리한 새우젓은 얼마나 맛깔스럽게 익는가. 그 남자는 토굴에 사는 풋늙은이인 나의 소설 또한 그렇게 맛깔스럽게 익어야 한다는 것을 가르쳐주고 갔다. 순간 내가 가야 할 길이 환히 보였다. 나는 가슴을 뜨겁게 달구는 환희심을 주체하지 못하고 짙푸른 하늘을 향해 껄껄 웃었고, 그날 점심밥은 그 어느 때보다 더 맛있었다.

사람을 포함한 모든 동물은 자기가 볼 수 있는 것만 보지 볼 수 없는 것은 보지 못한다. 자기 눈의 위쪽이나 아래쪽에 있는 것을 보지 못한다. 부처만이 위쪽 아래쪽을 모두 총체적으로 볼 수 있다. 우리는 그 부처 마음〔一心〕으로 나아가는 데에 걸림이 없어야 한다. 세상을 지옥으로 만드는 차별의 말(이념)에서 평등〔和諍〕으로 나아가야 한다.

　　　　　　　　　　　　　　　　　　－〈사람은 볼 수 있는 것만 본다〉 중에서

014

절대고독을 맛보아라

"섬만 섬이 아니고 혼자 있는 것은 다 섬이다."

언젠가 문예창작과 학생들하고 함께 제주도 여행을 할 때에 이 화두를 주었다. 여행 마지막 날 그 화두를 들고 사유한 결과를 한 사람씩 말하게 했다.

여행을 하면서 먹고 마시고 즐기기만 하였을 뿐이라면, 처음 보는 풍광에 홀려 있기만 했을 뿐이라면, 거기서 문득 깨어나 자기가 어떤 무엇인가를 알아채지 못했다면 그 여행은 손해본 것임을 말해주려는 것이었다.

사람은 사람들과 관계를 맺고 살되 그 관계 속에서 자기를 자기의 섬 속에 가둘 줄 알아야 하고, 혼자 있을 때에는 자기의 섬으로부터 벗어나 대우주 여행을 할 줄 알아야 한다.

나는 확실한 섬이어야 하고 그런 채로 이웃의 다른 확실한 섬과 관계를 맺을 때 내 섬은 의미 있어진다. 그랬을 때 진짜 나를 만나게 되는 것이다. 어찌할 수 없는 고독한 섬인 나를 만났을 때 내가 어디로 어떻게 나아갈 것인가를 알게 된다.

길. 글은 결국 나의 길 이야기를 쓰는 것이다. 섬이 되지 않고 어떻게 나를 만날 수 있는가. 참된 나의 모습 말이다.

〈예문〉

바다와 하늘의 얼굴이 서로 닮은 것은
태초부터 바다가 하늘을 꾀하고
하늘이 바다를 꾀한 때문이라 하므로
내가 당신을 꾀하고 당신이 나를 꾀한다면
유한한 나와 무한한 당신의 얼굴도
한 색깔이 될 터입니다.

─〈수평선〉 전문

015

삶이 곧 글이다

내 졸작 장편 《꿈》에서 지적인 미녀 경패는 신비한 음악을 감상하는 자리에 함께 있지 않았으면 좋겠다는 사람을 다음과 같이 열거한다.

"사람이 죽어가는 모습을 직접 보고 온 사람, 과분한 욕심으로 말미암아 늘 마음이 산란한 사람, 어떤 일에 확신을 가지지 못하고 항상 의심하는 사람, 몸과 마음이 정결하지 못한 사람, 마음이 올곧지 못하고 의관을 바르게 갖추지 않은 사람, 몸에 향을 바르지 않거나 집안에 향불을 피우지 않는 사람, 평생 동안 아름다운 소리 제대로 아는 사람을 만나보지 못한 감성 아둔한 사람, 이런 사람들하고는 더불어 앉아 음곡을 즐길 수 없습니다."

여기에 열거된 사람들은 모두가 고약스러운 냄새를 풍기는 사람들이다. 우리들의 코로 감지되지 않는 냄새.

가끔 친지의 몸에서 풍기는 역한 냄새를 맡곤 하는데, 나는 그때마다 섬뜩 놀라곤 한다. 먼저 그 냄새에 놀라고, 다음에는 나에게서도 저러한 냄새가 나지 않을까 하는 생각에 놀라는 것이다. 그리하여 나는 반드시 아침마다 운동을 한 후 세세히 목욕을 한다.

나이 든 주제에 착실하게 공부는 하지 않으면서 이름 낼 욕심, 돈 모을 욕심, 지위 욕심만 내고 거짓말로 남들을 속이기만 하고, 그러면서 자기 혼자만 옳다고 미친개처럼 짖어대는 사람들이 자주 보인다. 이때 나는 진저리치며 생각한다. 아, 나는 저렇게 흉측한 냄새를 풍기지 않고 살아야지.

그러한 냄새가 나지 않게 하기 위하여 나를 늘 토굴에 오래오래 가두어두고 책 속의 세상과 음악과 명상에 맛들이며 살도록 나를 부지런히 길들이곤 한다.

〈예문〉

마당 가장자리 감나무 그늘에 엎드린 채 늙어가면서
자기 펑퍼짐한 엉덩이가 토굴 주인 명상하는 자리라고 자부하는
나의 충직한 청지기인 그놈은
늙어 망령든 파우스트처럼 내가
여생을 도깨비에게 저당 잡히고 빌린 돈으로 사버린

좌청룡 끝자락에서 우백호 끝자락까지 구획지어 잘라낸
내 바다와 하늘 상황을 속속들이 살펴두었다가 시시콜콜 보고합니다.

'주인 나리 서재에 계시는 동안에 말입지요,
바지락 캐간 아낙 고막 잡아간 아낙들이 스물다섯이고요,
정치망 고기잡이 어부, 통발 낙지잡이 어부, 장어잡이 어부가 열둘이고
요,
청둥오리가 백 마리, 해오라기가 스물한 마리, 먹황새가 열두 마리이고
요,
검은 댕기 두루미가 다섯, 물떼새가 스물셋, 갈매기가 아흔아홉 마리이
고요,
먼 바다에서 모래밭으로 달려온 파도가 팔백 사천 채이고요,
심연에서 꼬물거린 키조개 피고막 새조개, 갯벌에 기어 다닌 송장게 칠
게 도둑게가 팔백 사천 한 마리이고요,
숭어가 뛰니까 저도 멋없이 뜀박질한 망둥어들, 수면에서 햇빛을 찬양
하며 퍼덕거린 농어 도미 전어 멸치들이 팔백 사천 일곱 마리이고요,
그것들이 수면에 쏟아진 햇살 쪼아 먹고 잉태한 사리 같은
보석 알맹이들이 팔만 사천억 개였는데요, 그들의
어르신 소유 하늘과 바다 사용료, 오늘도 외상입니다요.'

나는 황제처럼 텅 빈 하늘을 쳐다보고 으스대며
'부지런히 사용하되 더럽히지만 말라고 해라' 하고 나서 문득 욕심이
동하여 덧붙여 말합니다.

'아참, 그들 가운데 어느 한 친구보고, 오늘 밤에 쏟아지는 달빛과 별빛 쪼아 먹고 잉태한 사리와 보석들 가운데서 가장 견고하고 향기로운 놈 한 개만 바치라고 해라.'

나의 기상천외한 탐욕에 대하여 내 충직한 청지기는 귀먹어버린 듯 대꾸를 하지 않아버립니다. 呵呵呵呵.

— 〈감나무 밑에 사는 나의 충직한 청지기〉 전문

016 내 머리를 탓하라

테니스를 할 때, 내가 보내고자 하는 쪽으로 공이 날아가지 않으면 그때마다 라켓의 그물 여기저기를 살폈다. 손가락 끝으로 죄 없는 그물코 간격을 밀어올리기도 하고 끌어내리거나 옆으로 당겨 젖히기도 했다.

의도한 대로 공이 날아가지 않은 것은 결코 라켓의 잘못이 아니다. 라켓을 잡은 손과 팔과 어깨의 잘못이고, 그것들에게 명령을 내린 머리의 잘못이다. 그럼에도 불구하고 공 치는 자들은 자꾸 라켓 탓을 한다.

글을 잘 쓰지 못하는 것은 결코 나의 문장력 탓이 아니다. 그 문장을 그렇게 쓰라고 명령한 내 머리의 탓이다. 문장은 아름답고 고운 포장이면서 동시에 그 속에 숨어 있는 달을 손가락질해주는 방편이다.

<예문>

 언제인가 그 여자는 나에게 자기의 유년시절에 있었던 사건 하나를 이야기했다.

 "화창하게 맑은 날 한낮 때쯤에 뒷산 앞산 소나무 숲속으로 낙엽을 긁으러 갔어요. 쇠갈퀴하고 먹서리를 가지고, 어른 나무꾼들을 따라서. 아마 내가 여섯 살 되던 해의 늦은 가을이었을 거예요. 먹서리를 무덤 앞에 놓아두고 숲속에 들어가서 낙엽을 한 줌씩 긁어가지고 와서 먹서리에다 담곤 했어요. 낙엽이 먹서리 시울까지 차올라왔을 때 그것을 머리에 이고 집으로 돌아왔어요. 그런데 그 낙엽을 담은 먹서리가 얼마나 무거웠던지 끙끙 안간힘을 쓰면서 땀을 뻘뻘 흘리고 왔어요.

 우리 집 사립에 막 들어서니까는 어머니가 '아이고 내 새끼! 땔나무 많이 해오는 것 좀 보소!' 하고는 그 먹서리를 받아들었어요. '아니, 무슨 놈의 갈퀴나무 조금 담은 먹서리가 이리도 무겁다냐?' 하고 고개를 갸웃거리면서, 그 먹서리를 부엌으로 가지고 가더니 낙엽을 나무청에 쏟았어요. 그때 먹서리의 낙엽 속에서 웬 주먹만 한 돌덩이들 열 개가 나무청 바닥으로 떨어진 것이었어요. 어머니가 '그러면 그렇지!' 하고, 먹서리를 땅바닥에 내동댕이치고는 부엌 바닥에 주저앉으면서 소리를 지르셨어요. '아이고! 어떤 못된 것이 이렇게 심술을 부렸다냐!'

 어머니는 나무청 바닥에 떨어져 있는 돌덩이들을 먹서리에 주워 담더니 골목길 한쪽에다가 버리셨어요. 그것도 그냥 버리는 것만으로는 분이 풀리지 않았던지, 큰 돌덩이 하나를 집어들고 다른 돌덩이들을 콱콱 쪼아대고, 발바닥으로 으깨버릴 듯이 밟아대고, 그것들을 향해 퉤퉤 침을 뱉고, '아이고, 이 죄돼 자빠질 사람!' 하고 저주의 말을 퍼부으시고 나한테로 오더니, 내 머리꽁지를 어루만져주고, 목덜미와 팔과 다리를 주물러주면서 '아이고 아이고, 얼마나 무겁더냐! 그 못된 것들 쯧쯧쯧' 이러셨어요."

그 이야기를 듣고 나서 나는 허허허허 하고 웃었다. 그러다가 웃음을 그치고 진저리를 쳤다. 자기의 낙엽 담은 멱서리 속에 누군가가 돌덩이 아홉 개를 넣어놓은 줄도 모르고, 그 무거운 것을 머리에 인 채 땀을 흘리며 가고 있는 어린 계집아이의 모습이 머리와 가슴속 깊은 곳에 아프게 각인되고 있었다.

나는 중얼거렸다.

"업보와 운명이다. 남편 시어머니까지 합하면 모두 열이지 않은가."

그 여자의 아버지와 어머니는 하나뿐인 딸을 장남에게 시집보내지 않으려고 무진 애를 썼다. 자기네 귀한 딸이 한 집안의 무거운 살림살이를 짊어지지 않게 하려는 것이었다. 이 땅의 가난한 집의 장남들과 그 장남에게로 시집온 큰며느리들은 아버지 어머니가 하여오던 넉넉지 못한 살림살이를 고스란히 넘겨받아야 하고, 밑에 달린 모든 동생들을 키우고 성혼시키고 분가시켜야 하고, 조상의 제사를 지내야 하므로 죽는 날까지 짓무른 손이 마를 날이 없고, 모두 뜯기고 빼앗기고 누더기를 걸친 채 거친 음식을 먹으며 살아야 하는 것이었다.

그 여자의 어머니와 아버지는 팔방으로 애를 쓴 나머지 한 집안의 둘째 아들을 그 여자의 남편감으로 택했다.

그런데 그분들의 그러한 노력은 허사가 되고 말았다.

그 여자가 그 둘째 아들과 결혼식을 한 지 두 해 뒤에, 그 여자의 시아버지가 돌아가셨다. 그러자 맏아들인 그 여자의 큰시숙이 동생들을 떠맡기를 거부하고 자기 아내와 아들 셋만을 데리고 분가를 해버렸다.

그리하여 그 무거운 짐을 둘째 아들인 그와 그 여자가 떠맡아 짊어진 것이었다. 둘째 아들에게 시집온 그 여자는 뜻밖에 큰며느리 노릇을 하지 않을 수 없었다. 그 여자의 '멱서리' 속에 알 수 없는 어떤 귀신인가가 이제야말로 정말 힘에 버거운 돌덩이들을 넣어놓은 것이었다. 여덟이나 되는 시동생들 다 키워 시집 장가 보낸 다음 분가시키고 집 사주고……. 어떤 귀신이 심술 부리듯이 짐 속에 넣어놓은 그 돌덩이가 무거운 줄 모르고, '아이고, 감오 네가 일등이다. 최고다' 하는 주위 사람들의 칭찬 몇 움큼에 어지러움을 느끼고 실눈 해가지고 웃으며 앞장서서 집안일을 떠맡아하곤 한 그 여자.

젊은 시절 내내 플라스틱 슬리퍼와 싸구려 옷을 면하지 못하고, 시장에 나가도 자기 먹고 싶은 자장면 한 그릇 사먹지 못하고, 좋아하는 고등어한 마리도 마음 놓고 사다가 가족들과 더불어 지지고 볶아 먹지를 못한 그 여자.

그 여자가 지금의 내 늙은 아내이다.

－〈그 여자의 업보와 운명〉 전문

＊그 여자가 자기의 라켓을 탓하지 않고 세파를 헤쳐나간 것처럼 글쓰기도 그래야 한다.

017 삶의 향기로운 반전

"내 고객 가운데, 참새처럼 체구가 작달막하고 얼굴에 겨자씨 같은 주근깨가 쫙 깔려 있는 여비서 하나를 사무실에 두고 사채놀이를 해서 돈을 1백억 원쯤으로 불린 남자가 있었지. 어찌된 까닭인지 아내가 달아나버린 뒤로 그 남자는 사무실에 간이침대 하나를 놓고 라면으로 끼니를 때우면서 줄담배를 피우고 골뱅이 캔 안주에다가 소주를 즐겨 마시면서 살았는데, 어느 날 간암 판정을 받았어.

죽음을 앞에 둔 그가 여비서에게 자기의 돈을 모두 자기앞수표 한 장으로 바꿔 오라고 했어. 은행에 다녀온 여비서에게서 1백억 원짜리 자기앞수표를 받아든 그는 그녀에게 자판기 커피 한 잔을 뽑아오라고 시켰지. 여비서가 복도로 나간 다음 그는 라이터 불을 켜서 자기앞수표를 불태우고 그 재를 부스러뜨려서 흰 종이에 담아놓고 기다렸어. 여비서가 커피를 뽑아 오자 그 재를 입안에 털어넣고 커피 한 모금을 머금어 꿀렁꿀렁해서 꼴깍 삼켜버렸어."

지인 변호사의 말에 나는 "이야기를 더욱 재미있게 하려면 반전이 있어야 하네" 하고 나서 말했다.

"그가 임종하는 순간에 여비서가 울면서 고백을 했어. '사장님, 아까 그 수표 가짜였어요.' 그런데 여기서 또 한 번의 반전이 있어야 하네. 그가 빙그레 웃으면서 '내 다 알고 있었다. 그 돈 좋은 데 써라.'"

우리네 삶은 반전이 있어서 즐겁고 향기롭다.

〈예문〉

할아버지가 밤낚시질을 갔는데 고기들이 정신없이 입질을 했습니다. 아흔아홉 마리째 잡아넣고 옆구리가 결려 몸을 외틀면서 구럭 안을 보니 고기가 단 한 마리뿐이었습니다. 깜짝 놀라 주위를 둘러보니 뱃전 너머에서 도깨비가 히히히 웃고 있었습니다. 할아버지가 낚시를 물에 던지면 도깨비가 구럭 안의 고기를 가져다가 낚시에 꿰어주고, 던지면 또 가져다가 꿰어주곤 하기를 아흔여덟 번이나 한 것입니다. 할아버지는 울화가 치밀어 주먹을 부르쥐고 도깨비를 향해 "너 이놈 나한테 죽어봐라" 하고 일어섰습니다. 그러자 도깨비가 도망가며 말했습니다.

"한동안 행복했었지? 그러나 너무 화내지 마라. 한 마리나 아흔아홉 마리나 그것이 그것이니라."

— 〈나의 할아버지 이야기〉 전문

018 글쟁이는 치부노출증 환자

공작 수컷이 날개와 기다란 꼬리를 화려하고 우아하고 찬란하게 펼치며 암컷을 유혹할 때 뒤로 돌아가보면 그의 항문이 빨갛게 드러나 있다. 자기의 치부를 노출하지 않고는 아름다움을 한껏 표현할 수 없는 것이다.

글도 마찬가지이다. 글을 쓰려는 사람이, 자기의 치부를 노출하는 것을 부끄러워하면 절대로 좋은 글을 쓸 수 없다. 치부 노출을 거부하면 가짜 글이 된다.

〈예문〉

5년 전의 어느 봄날 한낮에, 토굴에서 작업을 하다가 점심을 먹으러 살림집으로 가서 어머니의 방엘 들어갔다. 세끼 밥을 먹으러 내려갈 때마다 나는 어머니를 응접실로 모시고 나오곤 한다.

이날 어머니에게 이상스러운 일이 일어나 있었다. 속옷을 뒤집어서 입고 계셨다. 뒷목에 드러난 상표와 소매와 몸통 부분 이음새 솔기의 용수철처럼 감친 것들이 볼썽 사나웠다.

나는 놀라 어머니의 얼굴을 새삼스럽게 살폈다. 혈색과 눈동자를 살피고 안면 표정을 살폈다. 혹시 치매가 생기지 않았을까. 그러나 이상스러운 기색을 찾아볼 수 없었다.

"아니, 왜 내의를 뒤집어 입고 계셔요?"

어머니는 얼른 대답하지 않고 응접실로 나와서 밥상 앞에 앉은 다음 나지막한 소리로 말했다.

"모가지에 딱지 붙은 것하고 솔기 감친 것들이 섬섬섬(스멀스멀) 가려워서 못 견디겠어서 그랬다."

"아따, 그래도 보기 흉한디."

이 말을 하고 나서 나는 속으로 생각했다. 어머니의 속옷을 볼 사람도 없고 거기 대하여 험구할 사람도 없는데, 편하면 좋지 뭐.

한 해가 지난 어느 날 나는 뒷목 살갗에 심한 가려움을 느꼈다. 러닝서츠의 목선 시울 근처에 붙어 있는 상표 때문이라는 것을 알아차렸다. 나는 노모가 내의를 뒤집어 입고 계시던 것을 떠올리고 당장에 벗어서 상표를 뜯어내버렸다. 그러자 가려움증이 없어졌다. 노모의 지혜를 생각하고 빙그레 웃었다. 나는 어머니의 건성 체질을 닮은 것이다.

그런 지 얼마쯤 뒤에 나는 허리와 어깨와 몸통에 닿는 속옷의 솔기 감친 부분들이 살갗을 갉작거리는 것을 느꼈다. 그렇지만 감히 뒤집어 입을 생각을 하지 못했다. 천사의 옷은 바느질 흔적이 없다는 말을 들은 적이 있다. 사람으로서 그러한 옷을 바랄 수는 없을 터이다. 그러므로 인고할 수밖에.

한데 어느 술을 많이 마신 뒷날 한낮에 나는 여느 때보다 더 내의의 솔기 부분들에 신경이 쓰였다. 견디다 못하여 속옷을 뒤집어 입어버렸다. 그러자 편안해졌다. 내가 내의를 뒤집어 입고 다니는 것을 뚫어보는 눈을 가진 사람이 어디 있으랴.

남 아니면 오뉴월에 께를 벗는다. 옷은 자기의 편의와 품위와 자기표현만을 위해서 입는 것이 아니고, 다른 사람의 눈의 위생과 미적 감각을 위해서 입는다. 사람이기 때문에 옷을 입는다. 옷은 체온을 지켜주고 햇빛과 바람을 막아줄 뿐만 아니라, 부끄러움을 덜어주고, 사회적인 신분을 나타내주고 체면과 염치를 지켜준다.

또한 그것은 일종의 포장술이므로 어찌할 수 없이 입는 사람의 허위와 가식도 드러내준다. 그러므로 겉옷에는 상표와 바느질 자국을 가능하면 안쪽으로 감출 필요가 있다.

그러나 살갗에 밀착되는 속옷은 그럴 필요가 없을 터이다. 그럼에도 불구하고 속옷 장사들은 속옷을 겉옷처럼 만들어 판다. 건성 피부를 가진 사람들은 속옷의 상표와 솔기를 꿰매고 감친 부분을 살갗에 대고 입는 것이

고통스러울 수밖에 없다. 그야말로 인고의 삶이다. 그것은 허위와 가식의 버릇으로 말미암은 것이다. 주위 사람들의 눈을 어지럽게 하지 않는 범위 안에서 편해지는 길이 자기의 몸과 마음을 향 맑게 기르는 것 아닌가. 스스로가 편해지고 향 맑아질 때 세상도 향기로워진다.

따지고 보니, 내 삶에 있어서 나는 늘 은밀하게 속옷 뒤집어 입기를 해오고 있었다. 서울을 버리고 장흥 바닷가 마을로 이사 와버린 것, 지구가 내일 무너질지라도 한 그루 사과나무를 심는 마음으로 남의 눈치 보지 않고 내식의 소설만 쓰며 살아온 것, 글이 잘 풀리지 않거나 성가신 일이 생기면 털어버리고 바닷가나 뒷산으로 산책을 나가버리곤 하는 것이 모두 그것이다.

이 글을 읽으신 당신의 건성인 피부가, 당신의 삶이 필요 이상으로 민감하게 세상을 향해 반응할 경우 나처럼 한번 시도해보시기 바란다.

―〈속옷 뒤집어 입기〉 전문

019 글쓰기에 미쳐라

　살아오면서 이런 사람들을 만났다. 나도 소설이나 한번 써볼까, 나도 수필이나 한번 써볼까, 나도 농사나 한번 지어볼까, 나도 배나 한번 타볼까, 나도 장사나 한번 해볼까, 하고 그 일에 다가서는 사람들.

　그래 해보십시오 하며 그들을 지켜보곤 했는데, 그런 사람들은 결국 실패하고 말았다. 그들은 그 일을 너무 가벼이 여기고, 그 일에 빠져 죽을 각오를 하지 않고 나섰던 것이다.

　소설을 쓰겠다고 하는 제자나 후배들에게 추사 김정희 선생이 권돈인과 대원군에게 보낸 편지 한 대목을 말해주었다.

　"내 글씨는 비록 말하기에는 부족함이 있지만 70년 동안 먹을 갈아 구멍 난 벼루가 열 개나 되고 몽당붓이 천 자루나 되었소이다."

　모름지기 글을 잘 쓰려면 마음속에 착함과 진실됨이 담겨 있어야 한다. 다음은 글쓰기에 미쳐야 한다. 미친다는 것은 그것이 아니면 죽는다는 생각으로 매진한다는 것이다.

　글을 쓰되 그 글을 자기 생명처럼 사랑해야 한다. 한번 쓴 것을 고치고, 다시 고치고 또다시 고친다. 그것을 오랫동안 묵혀놓았다가 새 마음으로 고치기를 몇 번이든지 거듭해야 한다. 추사가 구멍 난 벼루가 열 개 되도록 몽당붓이 천 개나 되도록 글씨를 썼을 때 종이는 또 얼마나 없앴을 것인가.

〈예문〉

　미수(米壽)이신 네 할머니는 게장을 아주 좋아하신다. 네 어머니는 네 할머니께서 하루 한 끼도 거르지 않고 그 게장을 잡수시게 해드린다.

　썰물 진 갯벌밭에서 게를 잡아오는 일은 힘들지만 게장을 담그는 일은 그렇게 힘들지 않다. 조선간장을 잘 끓여서 식혀뒀다가 잡아온 게를 그 속에 넣어 며칠 동안 삭이면 훌륭한 게장이 되는 것이다.

　네 할머니는 나하고 겸상하여 진지를 드시는데, 단단한 게 껍질을 우둑우둑 씹어 잡수신다. 이끝이 시려 얼굴을 일그러뜨린다거나 눈살을 찌푸린다거나 하지 않으시고. 그만큼 이가 좋으시다는 거다.

　네 어머니가 바다에서 잡아온 게들 가운데는 껍질이 단단한 것이 있는가 하면 물렁물렁한 것이 있다. 처음 나는 종류가 다른 것들인 줄 알았다.

한데 아니었다.

　그들이 딱딱한 각질인 채로 사는 것은 포식자들로부터 몸을 보호하려는 것이다. 그런데 그러한 단단한 각질인 채로는 성장할 수 없다. 성장하기 위해서는 껍질을 벗어야 한다. 그들은 성장하려면 영양 섭취를 많이 한다음 껍질을 벗는데, 이때 포식자가 공격해온다면 하릴없이 죽을 수밖에 없다. 그러니까 그들은 목숨 잃을 각오를 하고 껍질을 벗는 것이다. 그 각오를 하지 않는다면 성장할 수 없다.

　따지고 보면 존재하는 것들이 성장한다는 것은 그 성장하는 시점 이전의 존재는 죽고 전혀 새로운 존재로 변신하는 것이다. 산모가 아기를 낳고 나서는 이때까지의 모든 세포들이 다 죽고 새로운 세포들이 생겨난다. 말하자면 전혀 새로운 생명체가 된다. 심지어는 뇌세포까지도. 신통하게도 소멸되는 뇌세포와 새로 생성되는 뇌세포 간의 기억력(영혼) 인계인수가 잘 되고 있는 것이다.

　감나무 그림자 아래 앉아 바다를 내려다보며 네 생각을 했고 진흙 소 이야기를 해주기로 마음먹었다.

　"진흙 소 물을 건넌다"는 말이 있다. 재미있는 화두이다. 한 선승의 게송에서 발단이 된 말인데 그것은 우리들의 존재를 보다 확실히 자리매김하게 한다.

　진흙 소는 진흙으로 빚어 만들어 말린 토우 같은 소이다. 그것이 물을 건너간다면 물에 풀어져 한두 바가지의 흙탕물로 변하고 소의 모습은 사라질 터이다. 말하자면 진흙소가 물을 건너간다는 것은 그 존재의 죽음, 즉 소멸을 의미한다.

　그러면 왜 소멸될 줄 뻔히 알면서 물을 건너가야 하는가. 그게 선(禪)이다. 선은 세상에서 가장 빠른 지름길로 진리에 도달하게 한다. 모든 알음알이를 배제하고. 혹시 '해체주의' 라는 것도 선을 커닝해간 것 아닐까.

진흙소는 물을 건너지 않으면 그 자리에 앉아 정신적인 난쟁이로 죽어야 한다. 자라지 않는 나무, 고정관념, 이념에 얽매여 소졸한 자로서 살다가 죽어야 한다. 허위의 이념과 도덕률의 기치를 치켜든 소졸한 자들은 세상을 얼마나 답답하게 하는가. (그렇다고 세상의 모든 도덕률을 깨부수고 방종하고 퇴폐 속으로 기어들어가라는 말로 오해하지 않기 바란다.)

자기를 깨부수지 않으면 구제받지 못하는 존재가 인간이다. 죽어야 산다. 파탈(破脫). 알은 껍질이 깨져야 새가 되어 창공을 날아갈 수 있다.

파탈한 자(지금까지 살아온 자기의 패턴으로부터 과감하게 벗어난 자)는 자기를 박해한 세상을 용서할 줄 알고 용서하는 자는 대인이 된다. 복수로부터 해방되려는 자, 성(性)으로부터 해방되려는 자, 권력과 돈으로부터 해방되려는 자, 명예로부터 자유로운 자는, 모름지기 복수와 성과 권력과 돈과 명예를 꿈꾸는 탐욕스러운 자기를 먼저 죽이지 않으면 안 된다. 그리고 그 위에 새로운 깨끗한 자기를 건설해야 한다.

우리들의 의식은 모두 진흙 소들이다. 물을 무서워하는 겁쟁이 진흙소. 물을 건너면 죽고 만다는 공포감 속에 젖어 산다.

그렇기 때문에 "진흙 소 물을 건넌다" 는 화두가 생긴 것이다. 자기 몸이 물속에 용해되어버릴 것을 각오하고 물로 뛰어든 진흙 소는 자기 몸에 물 한 방울 묻히지 않고 물을 건너간다.

무서워하지 말고 물을 건너가거라. 고정관념 무서워서, 어린 시절부터 이를 갈아온 내 자존심의 눈치 보느라고, 구더기 무서워 장 못 담그는 미련스러움을 범하지 말아야 한다. 물을 건너는 진흙 소가 되어야 향내 나는 사람이 된다. 물을 건너고 난 진흙 소는 우리들을 걸림 없이 살게 한다. 원효처럼.

이 이야기를 하는 아비는 도인이 아니다. 나도 한 마리의 진흙 소로서 살아가고 있다. 나는 늘 물을 무서워하고 겁내는 나를 질책하며 과감하게 건너게 하곤 한다.

물을 건넜을 때 보이는 것이 있다. 그것은 물을 건넌 사람만 아는 것이다.

ㅡ〈진흙 소 이야기〉 전문

020 | 목이 탄 개처럼 헤매지 마라

글쓰기를 배우겠다고 찾아온 사람들이 있다. 20대의 젊은이들도 있지만 30대 40대들도 있다. 그들 가운데 몇몇은 이미 문화센터의 글쓰기 교실에서 이 선생 저 선생의 강의를 들은 바 있고, 또 쓴 글 한두 편을 들고 어느 고명하다는 선생을 찾아다니면서 지도를 받고, 어느 대학 사회교육원에 다니면서 글짓기 비법 강의를 듣는 등 수많은 과정을 거쳐 드디어 나에게 이른 것이다.

그들은 말한다.

"이제 정말로 마음먹고 글을 한번 써보고 싶어 선생님을 찾아왔습니다."

이때 나는 그들에게 매우 지혜로운 사람이 남긴 이야기 하나를 들려준다.

〈예문〉

목이 타서 죽을 지경이 된 개가 있습니다. 그 개는 수많은 우물 옆을 지나쳐 달려왔습니다. 모든 우물은 깊었습니다. 거기에는 두레박을 만들어 넣어 힘들게 길어 올리지 않으면 마실 수 없는 물이 고여 있었습니다. 그 개는 성급했으므로 그 우물을 외면하고 발을 돌렸습니다. 두레박을 이용하지 않고 수고롭지 않게 마실 수 있는 물을 찾아 헤매면서 달리고 또 달려갔습니다. 마지막으로 만난 우물도 매우 깊었습니다. 그 개는 또 그 우물에 절망하고 어디론가 다른 우물을 찾아 달려가게 될지도 모릅니다.

—이드레스 샤흐,《수피의 가르침》중에서

2부
글 쓰는 이의 정신

글을 쓰는 사람들은 세상의 어둠 읽어내는 눈을 가지지 않으면 안 된다. 또한 그 어둠을 빛으로 승화시키는 의지를 가져야 한다. 더욱 좋은 글을 쓰는 사람은 사람들이 만든 빛이 만드는 어둠을 읽어내는 눈을 가져야 한다.

021 우주의 율동을 깊이 읽어내라

절에 가서 만난 착한 스님이 누리는 고즈넉하고 그윽한 삶의 분위기에 취하면 머리 깎고 중노릇을 하고 싶어진다. 좋은 시나 소설에서 감동을 받으면 시와 소설을 쓰고 싶어진다. 좋은 음악을 들으면 작곡을 하고 싶고 연주자가 되고 싶다. 좋은 미술 작품을 보면 그림을 그리고 싶어진다.

정약전이 쓴 《현산어보(玆山魚譜)》를 읽다가 〈승률조개〉 항목에서 전율을 느꼈다. '스님의 머리와 밤톨처럼 생긴 조개 속으로 어느 날 파랑새가 들어가고 또 어느 날 창공으로 날아갔다'는 기록이 그것이다. 조개 속으로 들어가는 것은 갇히는 것이고, 창공으로 날아가는 것은 자유자재, 해탈 그것 아닌가.

그 충격이 나로 하여금 장편소설 《흑산도 하늘길》을 쓰게 했다. 이 소설은 승률조개의 이미지가 좀더 확대되고 깊어진 것이다.

뉴턴은 사과가 떨어지는 것을 보고 받은 충격으로 큰 발견을 했다. 글 쓰는 사람은 어떤 한 사물이나 사건에서 우주의 율동을 깊이 읽어내야 한다.

〈예문〉

사랑하는 나그네 당신,
당신은 무위사 텅 빈 마당에서
선승처럼
구름 한 장 턱으로 가리키며
겹겹이 껴입은 옷에 갇혀 있는 나를
풀어주었습니다,
마음 가는대로
바람처럼
훨훨 날아다니라고.

― 〈무위사에서 만난 구름〉 전문

022 삶을 깊이 통찰하라

나는 수련꽃이 태양의 떠오름과 정오의 작열과 해의 기울어짐의 시간을 정확하게 맞추어 피었다가 천천히 오무려져 잠잔다고 알고 있었다. 내가 수련을 못에 심어 키워보니, 책에서 읽거나 사람들에게 들어서 안 것들 중에 여러 부분이 엉터리임을 깨달았다.

5월초부터 6, 7, 8월의 더위를 지나 가을 찬바람 나기 시작하는 9월말까지, 그들이 피고 잠들곤 하는 가락을 자세히 살펴보니, 그들의 그 가락은 온도의 높고 낮음에 많은 영향을 받고 있었다.

열대야가 일어나곤 하는 더운 철에는 일곱 시 이전부터 피기 시작하지만 쌀쌀한 시기에는 아홉 시쯤부터 피기 시작한다.

삶을 피상적으로 관찰한 자는 진리 아닌 것을 진리라고 우긴다.

〈예문〉

나는 허기져 있다. 바닷물과 갯벌밭과 거기 서식하는 노을과 바람과 안개와 햇살과 물고기와 새와 달랑게 꽃게와 조개들의 잔망스러운 몸짓과 숨결에 허기져 있다.

갯벌밭 웅덩이 속에 짱뚱어와 집게와 말미잘과 비틀이고둥과 어린 새우들이 살고 있다. 해조류도 있다. 그 속에 하늘과 구름도 있다. 바닷가 산책을 하다가 그 웅덩이 앞에 쪼그려 앉아 그들의 움직거림을 들여다보곤 한다. 그 속에 우주가 있다. 그 우주가 내 속에도 있다.

먼 바다에서 달려온 파도가 재주를 넘는 모래톱에는 애기 새우들이 파들거리고 그것을 사냥하는 물떼새들이 종종걸음을 친다. 내가 친해지려고 다가가면 허공으로 날아올랐다가 내가 지나간 다음 다시 내려와 종종걸음 치며 그것을 먹는다. 술래잡기를 하듯이.

모래밭은 알 수 없는 세상이다. 그곳으로 들어설 때마다 가슴이 두근거리곤 한다. 한 알 한 알, 최소한으로 작게 쪼개질 수 있는 데까지 한없이 작게 쪼개진 채 한데 모여 있는 그들은 각자의 사이사이에 빠듯한 틈새들을 마련해놓고 있다. 그 틈새에는 사방 바람벽이 있고 바닥과 천장이 있다. 태초로부터 흘러왔다가 소멸 쪽으로 흘러가는 시간이 거기에 서려 있다. 모래알들은 그 틈새를 가능하면 넉넉하게 마련하겠다고 소리치며 비비적대고 뒷걸음질 치고 몽그작몽그작 앉은걸음질 치고 엉덩이를 들이밀며 파고든다. 그 시끄러움의 틈바구니들에 차가운 고요가 서식하고 있다. 순간순간의 정지화면 같은 그 고요의 몸 안에, 몸이 플랑크톤보다 더 작은 요정들이 더부살이를 하고 있다.

모래 주무르고 만지는 일이 환장하게 재미있다. 두 손바닥을 대붙이고 흰 모래를 한 움큼 긁어 올렸다가 손가락 사이로 천천히 흘려보내곤 한다. 이때 모래알들은 손가락 사이를 간질이면서 하나씩 둘씩 빠져나간다. 그들은 반드시 순서를 지킨다. 작은 것들이 먼저 나가고 나중에 큰 것들이 나간다. 그들이 지닌 시끄러움과 고요와 요정들이 그렇게 그들 각자에게 질서, 질서, 하고 외치면서 차례를 지키도록 강요하는 것이다. 그들의 가지런한 질서에 매혹된 채 그 장난을 한다. 사실에 있어서 모래알들과 노는 것이 아니고 그들이 지니고 있는 시끄러움과 고요의 지껄거림들과 노는 것이었다.

마른 모래를 두 손으로 움켜 떠다가 산처럼 쌓아도 그렇다. 몽근 것은 안쪽으로 켜켜이 쌓이고, 성기고 거친 것들은 겉돈다. 가령 학교 선생들도 마찬가지다. 얼굴 곱고 예쁘고 눈치 살피면서 아양 떨고 눈웃음치고 값비싼 옷 걸치고 다니고 공부 잘하고 말 잘 듣고, 이것저것 잘 가져다주는 학부모를 둔 아이들을 선생들은 자기의 안쪽 가까이에 둘러두고, 반항하고 말썽부리는 거친 아이들은 밖으로 멀찍이 밀어내기 일쑤다.

서울살이를 하는 동안 위장병을 심하게 앓곤 했다. 그때마다 영험하다고 소문난 명의들이 처방한 약들을 먹었지만 그것은 쉬이 치유되지 않았고, 나는 영양결핍으로 말미암아 송기막대기처럼 비쩍 말라갔고 운신할 때마다 현기증이 일어나곤 했다. 이게 내 한계로구나 하고 절망을 거듭하면서 문득, 내 고향 덕도 집의 뒤란 돌 틈 옹달샘 물을 한 사발 벌컥벌컥 들이켜면 그게 시원스럽게 나아버릴 것 같은 꿈같은 생각에 잠기곤 했다.

얽히고설킨 실타래처럼 삶의 가닥이 풀리지 않을 때, 그것이 나를 슬프게 하고 절망하게 할 때, 나는 광활하고 짙푸른 고향 바다로 달려가 파도 소리를 귀청 아프게 듣고 나면 홀 맺힌 고가 풀리곤 했고, 절망이 희망으로 바뀌곤 했다. 삶의 가닥이 풀리게 하는 지혜와 절망을 치유해주는 약이 바다 물너울 속에 있었다. 먼 바다에서 달려온 파도들이 모래톱과 갯바위를 철썩철썩 치면서 뿜는, 한 순교하던 스님의 목에서 솟구쳐 오른 흰 피 같은 물보라, 음험한 마녀 같은 밤바다 안개, 범람하는 배부름의 만조, 썰물져 쓸쓸해진 갯벌밭, 그곳을 기어다니는 갯지렁이와 삿갓고둥과 갯강구와 김과 미역과 매생이들이 치유의 약품이었다.

그리하여 서울을 버리고 아예 고향 바닷가로 이사해버렸다.

도서관과 서점 안에는 선인들의 삶의 가닥을 풀어간 지혜들이 켜켜이 쌓여 있다. 그곳은 말하자면 병약해진 영혼을 치유하는 약 저장고이고 심혼의 원기를 회복하는 시원의 음습한 늪지대이다.

고향 바닷가 마을로의 이사 이후, 그 약 저장고와 늪지대 저 너머에, 삶의 원리와 지혜가 지천으로 널려 있는 심저의 땅을 발견했는데, 그곳이 바로 갯벌밭이다.

요즘 나는 침묵과 시끄러움의 말이 교직되어 있는 모래알들의 시간 속에 푹 빠져 있다. 그 고요와 소란의 간극 속에서 시간의 설법을 듣는다. 바다에게서, 갯벌밭에서 배운다.

말하자면 나는, 바닷가 학교의 커리큘럼에 따라, 바다의 시간과 순리를 공부하는 학생이다. 바다라는 요양원에서 갯벌밭이라는 영험한 의사의 처방에 따라 요양하는 원생이다.

─〈갯벌밭에서 공부하기〉 전문

023 착하고 정직하고 솔직하게 써라

시나 소설이나 희곡들은 시장에 나서기 위하여 그들의 영혼과 육체에 성장(盛裝)을 한다. 소도구와 장치를 마련하여 꾸민다. 구체적으로 말한다면, 특이한 저고리와 치마와 바지와 구두와 모자와 지팡이와 파이프를 가지고 나선다. 성형수술도 하고 화장도 진하게 한다. 색안경을 끼기도 하고, 목걸이를 하고 반지나 팔찌를 끼기도 한다. 그들은 그 소도구와 장치로써 은유적으로 어떤 뜻인가를 이야기하려 한다.

그런데 붓 가는 대로 쓰는 '수필'은 자기의 영혼에 기껏 소복만을 걸치고 화장하지 않은 맨 얼굴로 거리에 나선다. 심지어는 아무것도 걸치지 않고 알몸 영혼 그대로 거리에 나서기도 한다. 때문에 유방이 비쳐 보이기도 하고, 비쩍 마른 갈비뼈나 비대한 살집이 드러나기도 하고 수염이 너풀거리기도 한다.

수필은 자기의 모든 인간적인 것들, 심지어는 슬픈 실수까지도 부끄러워하지 않고 바보스럽게 감추려 하지 않는다. 물론 그것은 치부노출증과는 차원이 다른 것이어야 한다.

수필의 옷은 말하자면 천사의 옷처럼 바느질 흔적이 없다. 어떻게 그러한 옷을 마련할 수 있는가. 그 비법은 가난한 무소유의 마음이 진술하는 진솔함에 있다. 진솔함은 무(無)나 공(空)의 세계 그 자체이다. 우리네 삶도 그러하다.

〈예문〉

한 겨울날 아침 일찍이 어머니는 김 한 보따리를 머리에 이고 장엘 갔다. 중학생인 나를 앞세운 채 시오리나 되는 길을 걸어서. 김을 팔아 내 등록금을 주려는 것이었다.

하늘에는 시꺼먼 구름장들이 덮여 있었다. 금방 함박눈송이를 쏟아놓을 것 같았다.

장바닥에 김을 펼쳐놓았다. 가능하면 빨리 그것을 팔아넘기지 않으면 안 되었다. 마른 김은 눈비를 맞으면 망치게 되는 상품이었다.

어머니는 점심때가 가까웠을 때 한 상인에게 통사정을 하여 김을 넘겼다. 등록금과 차비를 내 호주머니에 넣어주고 나서 어머니 주머니에 얼마쯤의 푼돈이 남았을까. 그 푼돈은 가용으로 써야 할 터이다.

이제 어머니와 나는 헤어져야 했다. 나는 장흥행 버스에 올라야 하고,

어머니는 고향 집으로 걸어서 가야 하는 것이었다.

어머니는 나에게 점심을 먹여 보내려고 한 팥죽 가게 포장 안으로 들어갔다.

"여기 팥죽 한 그릇만 주시오."

주인이 팥죽 한 사발과 싱건지 한 종지기를 탁자에 놓아주었다.

"차 시간 늦것다. 얼른 묵어라."

어머니는 나에게 재촉하면서 주인에게 숟가락 하나를 더 달라고 하더니, 싱건지국을 마셨다. 아침에 먹은 것 때문에 속이 불편하다면서.

나는 어머니의 속을 다 알고 있었다. 당신도 배가 고프지만 아들한테만 먹이고 그냥 굶고 가려는 것이다.

"그래도 조금만 잡수시오."

내가 말해도 어머니는 고개를 젓고 싱건지국을 한 종지기 더 달라고 해서 마시고 또 다시 한 종지기 더 달라고 해서 마셨다.

나는 혼자서 팥죽을 먹었다. 한데 그 팥죽 덩어리가 스펀지처럼 퍼석거렸다. 어머니가 정말로 속이 불편해서 팥죽을 먹지 않으려 하는 것이라고 나에게 말하면서.

팥죽집을 나오면서 어머니가 말했다.

"돈이 좀 넉넉하면 돼지고깃국이나 좀 사서 먹여 보낼 것인데……."

차부로 가자 버스가 출발하려 했다. 나는 달려가서 차에 올랐다. 어머니는 나에게 제때에 밥 잘 지어 먹으라고 당부의 말을 하고 나서 목에 두른 수건을 풀더니, 한 자락을 머리에 쓰고 다른 한 자락을 목에 감아 힘껏 조였다. 함박꽃 같은 눈송이들이 봄날 벚꽃잎들처럼 휘날렸다. 출발하는 버스 창밖으로 눈보라 헤치며 걸어가는 어머니의 모습이 보였다.

지금 그 어머니는 90세이시고 나는 머리가 희끗희끗해지고 있는데, 눈오는 날에는 어김없이 내 머리 속에, 흰 목수건을 머리에 쓰고 6킬로미터의 눈보라 길을 걸어가시는 그 어머니의 모습이 어제의 일인 양 떠오르곤한다.

―〈한겨울에 싱건지국만 마시던 어머니〉 전문

향기롭게 써라

글에는 그것을 쓴 사람의 진실이 보석처럼 박혀 있기도 하고 허위의 구린내가 만장처럼 너풀거리기도 한다.

진실한 자는 나서지 않고 침묵할 줄 알고 연금술사처럼 기다릴 줄 안다. 진실하지 못한 자는 자기의 진실하지 못함이 드러날까 봐 조급해하고, 진실하지 못함을 변명하기 위해 수다나 너스레를 떨고 넉살을 부린다.

진실하지 못한 글을 아름답게 하기 위해 현란한 수사로 치장을 하게 되면, 그것은 고운 헝겊을 누덕누덕 기워 만든 보자기로 오물을 싸놓은 것처럼 흉한 냄새를 풍기게 된다.

좋은 글을 쓰려면 먼저 영혼이 순수하고 진실해야 한다.

진실이란 무엇인가. 혼자서만 잘 먹고 잘 사는 이기가 아닌, 세상과 더불어 살려는 의지가 선행되어야 하는 것이다.

가령 산속의 스님이 오랫동안의 수도를 통해 얻은 깨달음은 장사꾼이 오랫동안 열심히 장사를 하여 모은 돈뭉치하고 같을 수도 있다. 하지만 그 깨달음을 혼자서만 즐길 경우, 그것은 황금을 주물럭거리면서 즐기는 마이다스의 인색함과 똑같다.

그것들이 그것을 향유하지 못한 자들을 위해 쓰일 때 비로소 그것들은 진실이 된다.

〈예문〉

천관사를 찾아가는 길 좌우에 차나무 군락지가 있다. 잎사귀의 질은 단단하고 두껍고 표면에 윤기가 돈다. 누가 여기에 차나무 씨앗을 뿌렸을까. 아마 인근에 암자가 있었을 터이다. 기록에 의하면 천관산에는 고려조를 전후하여 약 145개의 절과 암자들이 산재해 있었다. 한데 산이 황폐해지면서 없어진 것이다. 몽골의 일본 정복을 돕기 위해 나무를 베어다가 배를 짓느라고 거대 원시수림들을 쳐냈고, 거기다가 산불이 거듭 났던 것이다.

차나무의 조그마하고 하얀 꽃이 앙증스럽다. 수술이 샛노랗다. 수술의 개수가 2백 개쯤이다. 꽃잎은 대개 여섯 개인데 8월 하순에서 12월에 걸쳐 핀다. 눈 속에서 피어 있는 꽃은 차나무가 절개의 나무임을 말해준다. 꽃은 벌들로 인해 수정이 되는데, 열매는 이듬해 봄부터 자라 겨울에 완전히 익어 떨어진다. 진한 커피색이다.

기록에 의하면 차나무는 당나라에서 들어왔다. 신라 흥덕왕 때 사신 대림이 처음 가져와서 지리산에 심었다고 전한다.

예전 양반들이 딸을 시집보낼 때 반드시 가져가게 하는 것 가운데 하나가 차나무 씨앗이었다고 전한다.

차나무는 관상용으로 키우지 않는다. 그 나무의 성질이 까다로워 옮겨 심기에 적당하지 않으므로. 그렇다고 양반들은 차나무를 심어 평생 잎사귀를 따서 차를 마시며 살라는 뜻으로 가져가게 하는 것이 아니었다.

차나무는 뿌리가 직립인 데다 땅속으로 한없이 깊이 파고 들어간다. 그 나무를 옮겨 심으려면 직립의 그 뿌리를 오롯하게 파야 하는데 그러기가 쉽지 않다. 만일 그것을 옮겨 심으면 시들어져 죽게 마련이다. 그러므로 차나무는 처음 씨로 심겨진 자리에서 늙어 죽어야 하는 것이다.

비슷한 뜻으로 일본의 품위 있는 집에서는 시집보낼 때 해면을 가져가게 하였다. 스펀지라는 말과 해면과 갯솜이란 말은 동의어이다. 색이 검고 한천질의 물질과 각질섬유의 불규칙한 골격으로 되어 있는데 이것을 건조시켜 염산에 넣어 잡물을 제거하고 옥살산으로 탈색한 다음 가성소다를 써서 선황색으로 만들어 물에 씻어 건조한 것을 의료용 화장용 기계청소용으로 사용했다.

항아리 모양의 '마살해로동굴해면'은 서귀포 바다에서 나는 바다 동물인데 장식으로 쓰인다. 이것을 잡아내보면 그것의 동굴 속에 해로새우라는 동물 한 쌍을 담고 있게 마련이다.

해로새우라는 동물은 몸길이가 3센티미터쯤 된다. 한데 이 새우는 외부의 적으로부터 자기 몸을 보호하기 위해 항아리 모양의 해면동굴 속으로 들어간다. 암수 한 쌍이 한번 들어가면 평생 나오지 않고 거기에서 알을 낳아 부화시키며 일생을 마치는 것이다.

모든 친정어머니 아버지는 딸이 일부종사하기를 바란다.

나도 딸을 이미 시집보낸 터이다.

대개의 사람들은 딸을 시집보내고 나서 운다고 한다. 낳아 사랑스럽게 키우고 가르친 딸이 혼수감을 자동차에 싣고 가고, 그러고 나면 통장에 담아놓은 돈이 빠져나가버린다. 집안이 텅 비어버리니 어찌 상실감과 박탈감이 생기지 않겠는가. 그것을 주체할 수 없어 우는 것일 터이다.

하지만 나는 딸을 시집보내고 나서 울지 않았다. 아내도 담담했다.

차나무 씨앗을 혼수 속에다 지녀서 보냈다. 가끔 딸집에 가보면 내가 지녀 보낸 차나무 씨가 싹이 잘 터서 자라고 있는 것을 확인할 수 있다. 아파트 공간 그 어디에 그것이 자라고 있겠는가. 그것은 실제 차나무 씨앗이 아니다. 그 차나무는 딸의 몸과 영혼 속에, 그 집안의 분위기 속에서 잘 자라고 있는 것이다.

─〈아파트에서 자라는 차나무〉 전문

025 | 사랑하는 마음으로 써라

뒤란 대밭에 있는 차나무의 잎을 따가지고 와서 아내와 함께 덖었고, 그것을 우려 마신다.

곡우 차의 향기와 맛.

나는 '아, 아하!' 하고 찬탄을 거듭한다. 배릿한 향과 고소하고 단맛 저쪽의 그윽함과 깊은 유혹처럼 달콤하고 슬픈 정감을 사랑처럼 가슴으로 온몸으로 느낀다.

나 혼자만 그 맛과 향기와 그 깊은 유혹을 감당할 수 없어 나는 속으로 안타까워하며 운다. 울면서 그리운 사람들을 향해 이 향기와 맛을 품은 채 날아간다.

세상과 자기의 일로부터 사랑을 느낀 사람은 삶을 향기로워하고 그것을 느끼지 못한 사람은 절망하고 원망하고 주위의 사람들

을 증오하고 숨어서 비관하고 우울해한다. 글도 사랑으로부터 온
다.

〈예문〉

　한여름의 저물녘, 햇살 비낀 성긴 솜대나무 숲속의 산모기들이 "앗다!
살집 부드러운 아주머니 반갑고 또 반갑네, 나하고 오늘 밤 함께 잡시다
잉" 하고 흡혈하려고 덤벼드는 죽로차 밭에서 차양 긴 모자 쓴 시인의 늙
은 아내가 잡초를 맵니다.
　그녀가 손수 덖은 차만을 상음하는 시인을 위해 가꾸는 차나무들, 스티
로폼으로 만든 원통형의 앉을 것을 엉덩이에 붙여 줄로 감아 묶은 채 쪼그
려 앉아 차나무 뒤덮는 바랑이풀 모시풀 씀바귀풀 육손이덩굴풀들을 뽑아
냅니다.
　시인의 아내가 어기적어기적 지나간 밭고랑에는 앙증스러운 차나무들
이 시어(詩語)들처럼 줄지어 선 채 붉어지는 하늘을 향해 가슴 펴고 달려온
저녁 바람에 우쭐우쭐 춤춥니다,
　시인은 차밭 어귀에 선 채 얼굴과 팔뚝으로 덤벼드는 모기를 쫓으면서
철부지 소년처럼 "여보, 저물어지니까 오늘은 그만 하고 내일 하시지" 하
고 조르는데, 늙은 아내는 달래듯이 말합니다.
　"서늘 김에 한 고랑만 더 매고 갈랑께 먼저 들어가시오. 산모기가 보통
으로 사납지를 않구만이라우."

― 〈아내꽃〉 전문

026 | 거짓 없이 솔직하게 써라

사람들은 바다에 가서 파도를 볼 줄은 알지만 물을 볼 줄은 모른다. 그것은 애써 보려 하지 않기 때문이다.

〈맹자〉에, 자기의 힘은 3천 근을 들 수 있으나 새의 날개 하나는 들 수 없고 시력은 능히 터럭 끝을 살필 수 있지만 수레에 가득 실은 섶은 보지 못한다는 말이 있다. 마찬가지로 힘써 들어올리려 하지 않고 애써 보려 하지 않기 때문이다.

인간의 감지력은 어떠한 전자 감식 장치보다 탁월하다. 다만 쓰지 않기 때문에 감지해내는 능력이 신장되지 않고 있을 뿐이다.

글을 쓴다는 것은 그냥 일상을 기록한다는 것이 아니다. 생각 없는 일상의 기록은 우리 삶의 현상에 대한 기록일 뿐이다. 눈앞에 드러난 현상을 볼 뿐 진실을 보지 못한 글이라면 읽을 가치가 없다.

글쓰기는 독자에게 질문하기이다. 바로 이것이 우리들 삶의 진실 아닐까요, 하는 질문.

삶 속에서 진실을 찾아내는 것은 그것을 찾아내려는 자의 항심 여하에 달려 있다. 글을 잘 쓰려면 항심의 날을 날카롭게 벼려야 한다.

글 쓰는 자의 항심이란 무엇일까. 진실이 어디에 있는지 항상 주의 깊게 살피고 성찰하는 가슴이다.

〈예문〉

한 춤꾼 여자는 자기의 고향이 전남 영광이라고 말한다. 또 그 고장에서는 그 예인이 자기네 고향 사람이라는 것을 대대적으로 자랑을 하고 흥행을 시키려 들고 있다. 세상의 모든 흥행은 상품성이 있는 자를 유통시키는 짓거리이다. 사람들은 자기의 상품성을 위해서 얼굴과 이름을 그럴듯하게 사력을 다해 만들곤 한다.

어느 자리에서 그 춤꾼의 이야기를 했더니 동석했던 ㅈ스님이 고개를 저었다.

"사실은 그 양반이 나하고 한 고향에서 나고 자랐어요."

세속 나이가 60대 초반쯤인 그 스님의 고향 마을이 어디라는 것을 알고 있었으므로 나는 "그런데 그 사람이 왜 자기 진짜 고향을 감추고 가짜 고향을 내세우면서 행세하려 들까요?' 하고 ㅈ스님에게 물었다.

ㅈ스님은 난처해하다가 한마디 했다.

"제가 알기로, 그 양반 어린 시절이 좀 가엾고 슬프고 그랬습니다."

"가엾고 슬프고 그랬다니요?"

이렇게 다그쳐 묻자, ㅈ스님은 망설이다가 말했다.

"품바라는 것 있지 않습니까? 옛날에는 5일 만에 서는 이 장 저 장엘 다니고 이 부잣집 저 부잣집엘 다니면서 품바를 부르고 구걸을 하는 거지무리가 있었습니다. 그들도 사람이기 때문에 남녀간에 서로 사랑하고 아기를 낳아 키우고 그랬어요. 그 춤꾼 여자는 바로 그들 속에서 태어난 사람입니다. 그랬는데 영광 출신한테 팔려갔든지 어쨌든지, 좌우간에 시집을 가고 나서 그쪽 동네를 고향이라고 말하면서 살고 있는 것이지요."

그러한 어린 시절의 삶은 그 춤꾼 여자에게 있어서 건드리면 소스라치게 아픈 상처일 것이다.

나는 몇몇 사람의 고향 숨기기에 대하여 잘 알고 있다.

5공 시절의 제법 힘깨나 쓴 한 정치인은 본적지가 서울인 사람으로 행세했었는데 그의 고향이 전혀 다른 시골 고흥이라는 것을 아는 사람들은 다 알고 있다.

영남지방 사람들이 내리 몇 십 년 동안 권력을 잡자, 많은 사람들이 영남이나 서울로 본적을 옮기고 경상도 쪽이나 서울 쪽의 말씨를 흉내내며 사는 것을 늘 목격했다. 그렇듯 영악하게 머리 잘 굴린 결과로 말미암아 그들은 권좌를 누릴 수 있었다.

본적을 고치기란 아주 쉽다.

호적에 전라남도 장흥이 본적이라면 먼저 부산으로 호적을 옮긴다. 그러면 원적란에 전라남도 장흥이 남아 있다. 다음에는 부산에서 서울로 본적을 옮기면 원적란에 전라남도 장흥 대신 '부산'이 쓰이게 되는 것이다. 그러니까 자기 호적의 본적과 원적을 바꾸어놓으려면 두 번만 호적지를 옮기면 된다는 것이다.

나는 여기에서 고향을 숨기거나 고향을 바꾸는 사람들을 욕하고 비난하자는 것이 아니다. 왜 사람들은 자기의 진짜 고향을 숨기고 가짜 고향을 내세우며 살려고 드는가를 이야기하고자 한다.

사람들은 모두 권력적인 힘의 구조 속에서 살고 있다. 그 속에서 살려면 권력 의지를 지니지 않을 수 없다. 보디빌딩을 하는 사람들이 자기의 몸 만들기에 열정과 사력을 다하듯이, 권력적인 힘의 구조 속에서 길들여진 사람은 자기의 이름 만들기, 지맥 만들기, 인맥 만들기에 사력을 다한다. 그런 자들은 자연 자기의 아픈 상처를 감추려 들게 된다. 감추려는 자는 진실을 감추고 허위의 삶을 살게 된다.

정치인 법조인 학자 의사 사업가들, 진실로 그러지 않아야 할 예술가들 성직자들의 세계에서도 지역적인 힘과 인맥의 힘은 대단한 힘을 발휘하고 있다.

전혀 그렇지 않은 체하면서 지금 이 말을 쓰고 있는 나나, 읽고 있는 여러분도 그러한 권력 구조 속에서 반들반들하게 잘 길들여져 있다.

이 글을 쓰는 나와 읽고 있는 당신은 지금 어떤 진실을 감추고 어떤 허위의 너울을 뒤집어쓴 채 그럴 듯하게 으스대면서 행세를 하고 있는가.

－《바닷가 학교》중에서

027 | 글쓰는 과정을 즐겨라

　텔레비전을 통해 양궁 남자 단체 경기 결승전을 본 적이 있다. 사선에 선 한국선수가 마지막 한 발을 남겨놓고 있었다. 그 선수는 쏘려고 당겼던 시위를 문득 늦추면서 활을 밑으로 내렸다. 초 단위의 시간을 나타내는 숫자들은 빠른 속도로 바뀌고 있었다. 20, 19, 18…….

　아나운서가 "많이 긴장이 되는 모양이군요" 하고 말했다. 마지막 한 발에 승패가 갈리는데 어찌 사선에 서있는 선수가 긴장하지 않으랴. 중계방송을 보고 있는 나도 조마조마하고 목이 바싹 밭는데.

　선수가 다시 활을 들어올렸을 때 여성 해설자(전 여성 국가대표선수)가 말했다.

"염려하시지 않아도 좋습니다. 저 선수가 저하고 함께 선수 생활을 했는데, 시합을 즐길 줄 압니다. 그렇기 때문에 긴장으로 인해서 실수를 하지는 않을 겁니다."

해설자의 예언대로 그가 쏜 화살은 명중했다.

나는 금메달의 감격보다 더 소중한 환희를 맛보았다. 해설자의 "시합을 즐길 줄 안다"는 말은 보석이었다.

글쓰기도 그러하다. 한 자 한 자 글을 써가는 과정을 즐기고, 쓴 다음 그것을 다시 읽어보고 또 다른 즐거움을 맛보았다면 그 글은 틀림없이 독자의 감동을 얻어낼 수 있는 좋은 글이 될 터이다.

〈예문〉

그 섬에는 한 해 동안 내내 겨울철만 있었습니다.

바야흐로 해가 떠오르기 직전의 아침이었습니다.

별공주는 눈이 허옇게 쌓여 있는 섬 머리에 선 채 다른 따뜻한 섬으로 날아가기 위해 힘을 모았습니다. 그녀의 힘 모으기는 거듭 심호흡을 하여 몸속에 우주의 기를 차곡차곡 쌓는 것이었습니다.

심호흡을 하는 그녀의 눈에 이상스러운 짐승 한 마리가 보였습니다.

그 짐승은 눈 쌓인 벌판 한가운데를 천천히 나아가고 있었습니다. 그 짐승의 발자국이 푸르스름한 아침 눈밭 위에 선명하게 찍혀 있었습니다.

'웬 짐승일까.'

자세히 보니 그것은 짐승이 아니고, 키 작달막한 어린이였습니다.

별공주는 그 아이에게로 날아갔습니다.

"아니 그대는 어디에 사는 누구인데, 지금 대관절 어디로 가고 있는 것이오? 이 추위에 눈을 헤치면서?"

어린 아이가 대답했습니다.

"저는 선재라는 아이인데 이 재 너머에 있는 학교엘 가고 있습니다."

"추위 속에 고생이 많습니다."

선재라는 아이는 대꾸를 하지 않고 묵묵히 한 걸음 한 걸음 나아가기만 했습니다. 가끔 뒤를 돌아보기도 하고 앞을 내다보기도 하면서 나아갈 방향을 정확하게 가늠하였습니다.

그 아이의 하는 짓이 믿음직스러웠습니다.

'이런 아이는 장차 세상을 빛낼 것이다. 저런 아이는 도와주어야 한다.'

별공주는 선재 앞에 쪼그려 앉으면서 등을 들이밀었습니다.

"제 등에 업히십시오. 저는 허공을 날아오를 수 있고, 눈 깜박할 사이에 그대를 학교 앞까지 데려다줄 수 있습니다."

"고맙긴 하지만 사양하겠어요. 저는 학교로 가는 길에 발자국을 정확하게 찍어놓아야 합니다."

그녀는 몸을 일으키고 선재에게로 돌아섰습니다.

선재가 말을 이었습니다.

"저 산모퉁이에 마을이 있는데 해가 떠오르면 금방 아이들이 모두 학교엘 갈 것입니다. 지금 제가 내놓은 발자국들은 저를 뒤따라오는 그 아이들의 편안한 길이 될 것입니다."

— 〈발자국 남기기〉 전문

028 | 내 눈빛이 별을 만든다

〈유식(唯識)〉에서는 이렇게 말했다.

"하늘에 별이 있더라도 내 눈빛이 별로 날아오르지 않았을 때 그것은 별이 아니다. 내 눈빛이 하늘로 뻗쳐 올라가서 별의 빛을 만든다."

내가 별을 쳐다보고 그리움이라 여기고 희망이라 여기고 보석이라 여기고 깨달음이라 여겼을 때 그것은 비로소 별인 것이다. 김춘수 시인의 〈꽃〉이라는 시의 어법도 그것이다.

잠들어 있는 자는 물론 별을 보지 못한다. 육체적으로 깨어 있을지라도 눈에 어둠〔迷妄〕이 덮여 있을 때, 마음(의식)이 깨어 있지 않을 때 별을 별로 알아채지 못한다.

마음이 깨어 있으려면 어찌해야 하는가. 모든 것을 내 것으로 만들려는 탐욕으로부터 벗어나야 한다. 네 편이냐 내 편이냐의 편 가르기(분별하기)로부터 벗어나야 한다.

글 쓰는 마음은 우주의 한복판에 서서 마음을 고요히 한 채 바람에 흔들리고 남을 속이려고 재주 넘는 것들을 성난 얼굴로 살피는 마음이다.

〈예문〉

흐르는 물이 잠시 머무르면서
시끄러움과 고요를 한데 버무려놓은 그 미녀의 하얀
넋을
아십니까,

— 〈수련꽃〉 중에서

*물이 가지고 있는 동적인 사랑 에너지와 정적인 에너지의 합성이 창조한 수련꽃의 넋을 발견하는 감수성이 글을 쓰게 한다.

029 | 세상의 어둠을 읽어내는 눈

　고맙게도 관청에서 내 토굴 앞에 가로등 하나를 세워주었다. 해가 지고 땅거미가 내리면 어김없이 그 가로등이 형광불빛을 퍼뜨린다. 살림집에서 늦은 저녁밥을 먹고 올라오는 발길이 순탄하다.

　스위치를 넣지 않아도 자동적으로 켜지는 저놈은 대관절 어떠한 기능을 가지고 있을까. 가로등이 설치되어 있는 전주 아래 부분을 살펴보니, 어둠을 감지하는 까만 상자 하나가 달려 있다. 그 까만 상자는 자기의 불빛이 비치지 않는 뒤쪽에 자리해 있다.

　그 어둠 감지 장치를 자기의 빛 앞에 놓아두면 어찌될까. 그 가로등은 계속해서 켜짐과 꺼짐을 반복하게 되지 않을까.

　인간은 깜깜한 밤을 밝히기 위해 가로등을 만들어 단다. 세상에 널려 있는 어둠이 작가로 하여금 글을 쓰게 한다.

글을 쓰는 사람들은 세상의 어둠 읽어내는 눈을 가지지 않으면 안 된다. 또한 그 어둠을 빛으로 승화시키는 의지를 가져야 한다.

더욱 좋은 글을 쓰는 사람은 사람들이 만든 빛이 만드는 어둠을 읽어내는 눈을 가져야 한다.

〈예문〉

절망의 섬에는 입간판 하나도 없었습니다.

연안 갯벌밭과 모래밭과 자갈밭에는 천지 사방에서 떠밀려온 쓰레기들이 절벽 밑의 너덜겅처럼 널려 있었습니다. 양식장의 스티로폼 부표, 축구공 모양의 플라스틱 부표, 썩은 나무, 폐선에서 떨어져나온 널빤지, 맥주캔, 음료수 캔, 유리병, 화장품병, 농약병, 과자봉지, 댓가지, 찢어진 그물자락, 떨어진 밧줄 토막, 고무장갑, 면장갑, 패드, 갯진질(바다 식물의 일종), 갈대줄기, 그 쓰레기들 때문에 갯벌밭과 모래밭과 자갈밭을 구별할 수 없었습니다.

정유공장 쪽에서 떠밀려온 원유 찌꺼기에 버무려진 허섭스레기들이 갯바위 가장자리에 엉겨 붙어 있었습니다.

깃털에 묻은 원유 찌꺼기로 말미암아 죽은 가마우지, 청둥오리, 갈매기, 물떼새들의 시체와 숭어, 농어, 새우, 조개들의 시체가 모래톱에 널려 있었습니다.

섬 어디에서도 살아 있는 물새들의 모습을 찾아볼 수 없었습니다.

섬 연안에서는 죽어 썩은 것들의 냄새를 맡고 날아온 파리 떼들만 잉잉 거렸습니다.

"세상의 모든 것들은 인간들에 의해서 결국 이렇게 망가져가게 되어 있는 모양이구나. 어서 다른 섬으로 떠나자."

섬 앞의 물너울 위에 선 채 별공주는 절망했습니다.

"이 섬에서는 배울 것이 아무것도 없겠다"

한데, 그냥 지나쳐 가기로 하고 몸을 돌리려는 별공주의 발을 붙들어매는 묘한 일이 하나 있었습니다.

연안 모래밭 한복판의 쓰레기 더미 사이에서 무엇인가가 움직거리고 있었습니다.

'쓰레기 속에 무슨 짐승인가가 살고 있음에 틀림없다. 저 악취 속에서 살고 있다니! 저것은 아마 생명력이 대단한 짐승일 거야.'

별공주는 가슴속에서 꿈틀거리는 호기심을 주체할 수 없어, 눈을 크게 벌려 뜨고 쓰레기 더미 속에서 움직거리는 것을 자세히 살폈습니다.

짐승이 아니었습니다. 한 사람의 늙은이였습니다.

'아! 저 늙은이는 저기에서 무얼 하고 있을까.'

별공주는 그 늙은이에게로 달려가보았습니다.

늙은이는 허리와 등이 약간 굽어 있었습니다. 머리는 반백이고 얼굴에는 주름살이 깊이 파여 있었습니다. 시꺼먼 때가 묻은 모자를 쓰고 누더기 같은 옷을 입고 있었습니다. 늙은이는 쓰레기들을 들어다가 한데 모으고 있었습니다.

부서진 스티로폼과 깨진 플라스틱 그릇들을 모아 쌓고, 각종 빈 유리병과 캔들을 그 옆에 각기 따로 모았습니다. 거기에서 여남은 걸음 떨어진

곳에다는 원유 찌꺼기, 태울 수 있는 나무토막과 댓가지, 그물 조각, 갈대 줄기 따위를 쌓았습니다.

늙은이의 얼굴은 땀으로 흠뻑 젖어 있었습니다.

'혼자서 이 쓰레기를 다 주워 모으려 하다니 그 얼마나 무모한 일인가. 이미 죽어버린 섬의 모래밭과 갯벌밭을 청소하여 무얼 할 것인가.'

"할아버지! 왜 그런 쓸데없는 짓을 하고 계십니까?"

별공주가 이렇게 물었습니다.

늙은이는 별공주를 아랑곳하지 않고 쓰레기 모으는 일만 계속했습니다.

별공주가 말을 이었습니다.

"지금 이 섬을 둘러싼 바다 물너울 위에는 쓰레기들이 얼마든지 더 떠 있습니다. 머지않아 이 섬 연안으로 모두 몰려올 것들입니다. 지금 할아버지 혼자서 주워 모으고 또 주워 모은다 할지라도 또 너덜겅처럼 쌓이게 될 것입니다. 기력까지 쇠하신 할아버지께서 어떻게 이것들을 다 주워 모으겠다고 지금 이러고 계십니까? 제발 그만 두고 이 섬을 떠나십시오. 이 섬 연안에는 죽음이 있을 뿐입니다. 살아 있는 것들은 모두 떠나갔습니다."

늙은이는 빙긋 웃으면서 고개를 살래살래 저었습니다. 자기가 쓰레기를 치운 모래밭과 갯벌밭을 턱으로 가리키며 말했습니다.

"내가 청소를 해놓으니까 금방 이것들이 이렇게 살아나고 있지 않아요?"

"아녀요. 여기에는 또 금방 바다 쪽에서 새로운 쓰레기들이 밀려와서 쌓이게 될 거예요. 할아버지께서는 헛노동을 하고 계시는 거예요. 헛노동이란 것은, 예리하게 벼린 칼날로 흙을 파는 것과 같다고 했습니다. 긁어

파낸 흙은 아무데도 쓸데가 없고, 고귀한 칼만 망가진다고……."

"천만에요. 저는 혼자서 이 섬을 말끔하게 청소할 수 있습니다. 이 섬을 예전의 깨끗한 섬, 조개 많고 고기들 잘 잡히고 물새들 날아드는 섬으로 만들어놓을 수 있다는 희망을 가지고 있습니다. 오늘 내내 청소하고 내일 또다시 하고 또 모레 하고. 물론 저는 파도에 떠밀려오고 또 밀려오는 쓰레기 하나하나를 주워 모으면서 거듭 절망을 합니다. 그렇지만 원래 희망이란 것은 절망 속에서 싹트는 것이라고 했습니다."

─〈희망은 희망 없음에서 싹트는 것〉 전문

030 | 닭의 식탐을 배워라

지네를 잡아먹어달라고 닭 다섯 마리를 마당에 놓아기르고 있다. 그들은 쉴 사이 없이 풀을 뜯어 먹고 흙을 파헤쳐 벌레를 잡아 먹고 모래나 조개껍질을 주워 먹는다. 쉬는 사이에는 모래 목욕을 한다.

그들은 하루 서너 차례씩은 눈앞에 오직 먹을 것만 보이는 미칠 것 같은 허기를 느낀다고 한다. 그만큼 식탐이 세다. 모래와 모이를 한데 섞어 맷돌질하듯 소화해내는 위장을 가지고 있으니 어찌 그렇지 않으랴.

부드러운 글만 읽지 않고 딱딱한 동서양의 고전들이나 철학 서적이나 자연과학, 사회과학, 인문과학, 이론 서적들도 읽어야 함을 닭은 가르쳐준다.

그들은 배부르게 먹은 다음 소화를 시키면서 털 고르기도 하고 이도 잡고 가려운 곳을 긁기도 한다. 수탉은 고개를 길게 빼면서 노래한다. 자기 영역을 만방에 선포하는 것이다. 암탉은 알을 낳는다. 알을 낳고 나서는 스스로 자기 알(생명 탄생)의 예쁨과 기쁨과 보람을 소리쳐 알린다. 수탉은 수탉답게 벼슬이 관처럼 길어지고 꼬리가 타원형으로 늘어지고 걸음걸이가 의젓하고 당당하고 위엄이 있다. 암탉은 엉덩이가 펑퍼짐해지고 요조숙녀 같으면서도 몸짓이 요염하다. 철저하게 암탉다워지는 것이다. 그런 것들은 모두 자기 표현이다.

배가 부르면 그들은 나무 밑에서 쪼그려 앉아 존다. 닭대가리라고 깔볼 일이 아니다. 그들도 사유하고 명상하고 꿈꾼다. 지네를 공격할 때 날카로운 부리는 살상용 창이 된다. 닭 때문에 나는 지네로 인하여 여름잠을 설치는 일이 없어졌다. 아, 나도 독 있는 것들을 퇴치시키는 창 하나를 준비해야겠다.

〈예문〉

나무숲이나 하늘이나 바다나 해나 달이나 별이나 구름이나 안개나
꽃송이나 천강의 물결이나 새들의 눈빛 속에 스며들어
저를 지켜보시는 당신,
도수 높은 돋보기를 쓰고도
잔글씨를 10분쯤만 읽으면 그것들이 개미처럼 기어가다가

밤안개처럼 풀어지곤 하는 아비를 위하여

딸이

소포로 보내준 사각의 확대경을 받아든 순간 가슴이 뭉클했습니다,

나무숲이나 하늘이나 바다나 해나 달이나 별이나 구름이나 안개나

꽃송이나 천강의 물결이나 새들의 눈빛 속에 스며들어

저를 지켜보시는 당신

바다 향해 흘러드는 저의 시간을 당신의 저수지에 가두어주십시오,

이것만은 반드시 완성하고 가야 하는데

책상에 앉으면 무력증이 일어나고 머리가

물 머금은 솜덩이들이 가득 찬 듯 멍해지곤 합니다,

제 영혼을 맑게 헹구어주십시오,

나무숲이나 하늘이나 바다나 해나 달이나 별이나 구름이나 안개나

꽃송이나 천강의 물결이나 새들의 눈빛 속에 스며들어

저를 지켜보시는 당신

저의 몸에 마지막 남은 기름 한 방울까지를 다 태워

제 어둠을 밝히고 나서 아쉬움 없이 바람처럼 날아가도록 도와주십시

오.

―〈열꽃 피는 날의 기도〉 전문

031 육체와 영혼을 다스려라

지혜롭지 못한 사람은 떼 지어 몰려다니면서 지껄이기만 하고 베스트셀러만 찾아 읽고 채팅과 오락만 할 뿐 고전을 읽지 않고 명상도 하지 않는다. 그렇게 육체와 영혼이 황폐해진 사람은 좋은 글을 쓸 수 없다.

〈예문〉

자기의 땅에 농작물을 재배하는 농부들 가운데는 착하고 지혜로운 사람과 그렇지 못한 사람이 있다. 착하고 지혜로운 농부는 자기의 땅을 참으로 아끼고 사랑하기 때문에 화학 비료를 적게 쓰거나 애초부터 쓰지 않고 두엄을 많이 쓴다. 또 제초제를 절대로 사용하지 않는다.

화학 비료를 주로 쓰면 땅이 산성화 된다. 마치 라면, 튀김과자, 설탕, 소주, 맥주, 사이다, 캔 음식 따위의 인스턴트 식품만 많이 먹은 알레르기성 체질, 선병질적인 체질처럼 박토가 된다.

잡풀을 죽이기 위하여 제초제를 쓰게 되면 미생물과 지렁이들이 죽어 버린다. 그렇게 되면 땅이 마치 사막처럼 황폐해진다. 때문에 작물이 제대로 자라지 않고 꽃과 열매를 튼실하게 맺지 않는다.

잘 자라지 않은 작물을 잘 자라게 한다고 호르몬이 들어 있는 약을 뿌려 주면 마약을 투여한 몸처럼 잠시 푸른 기운이 돌다가 이내 시들어지고 말라진다.

—《바닷가 학교》 중에서

032 | 멋스러움과 슬픔의 간극을 이해하라

　　섬 학교에 막 부임해온, 낭만을 좋아하는 총각 선생이 학생들을 바닷가로 데리고 나갔다.

　　"애들아, 우리 물나비 날리자" 하고 말하면서 동글납작한 돌멩이 몇 개를 찾아들었다. 가랑이를 넓게 벌리고 몸을 낮추면서 수면을 향해 돌멩이를 날렸다. 그것이 수면을 한 땀 한 땀 뜨면서 날아갔다. 모두 네 땀을 떴다.

　　이때 개코라는 별명의 아이가 "선생님, 그것은 물수제비뜨기라고 하는 것이어요" 하고 말하면서 자기도 납작한 돌멩이를 찾아들고 수면을 향해 날렸다. 그 돌멩이가 다섯 땀을 떴다.

　　"물수제비뜬다는 것은 너무 촌스럽지 않니? 먹는 음식을 들먹거리는 것보다는 팔랑팔랑 날아다니는 나비를 연상시키는 말이

훨씬 멋지지 않아? 얘들아, 앞으로는 우리 이것을 물나비 날리기라고 부르자잉? 모름지기 우리 삶에는 아름다움과 멋스러움이 있어야 한다. 알겠지?"

모든 아이들이 입을 모아 "네에" 하고 소리쳐 대답했다.

한데 개코가 항의하듯이 말했다.

"싫어요. 물수제비란 말이 얼마나 좋은 말인디요? 저는 돌아가신 할머니가 생각나면 물수제비를 뜨러 나오는디요?"

〈예문〉

내가 허름한 토굴 하나 짓고 사는 뜻은

빠듯하고 음음한 시공에 나를 위리안치 시키고 삶과 글을 곰삭히려 함인데

토굴 바람벽 틈으로 들어온 지네 한 놈은 두리번거리며

'대관절 어떻게 생긴 벌레인데 이런 큰 동굴을 파놓고 살고 있는 거야?

한밤에 침입한 또 다른 놈은 내 손가락을 물고 독을 주입하면서

'야아, 횡재했다! 내 평생 먹어도 다 먹지 못할 큰 벌레 한 마리 잡았다!

군청 문화관광과 사람들이

나 찾아오는 사람들을 편하게 한다고 마을 어귀에

'해산토굴' 이라는 입간판 세워놓은 뒤로

몇몇 사람은 토굴에 모신 부처님 배알하겠다고 오고,

몇몇 사람들이 새우젓을 사겠다고 찾아왔습니다,

하긴

내가 하늘경전 바람경전 구름경전을 모신 채 내 삶을 곰삭게 하는 토굴이나

새우젓을 맛깔스럽게 익히는 토굴이나

그게 그것일 터입니다.

－〈지네와 새우젓〉 전문

*사람은 볼 수 있는 것만 보지 볼 수 없는 것은 보지 못한다. 가난한 사람은 "물수제비뜬다"고 말하고, 부자들은 "물나비 날린다"고 말한 것이 그것이다.

033 | 기억의 창고에서 발효시켜라

그냥 혼자서 아무렇게나 썩는 과일과 곡식은 좋은 술이 될 수 없다. 누룩과 함께 썩어야 하고 알맞은 물과 조화되어야 양질의 술이 된다.

우리들의 기억이 담긴 창고는 참 희한한 술통이다. 어떤 사건이 기억의 술통 속으로 가라앉을 때 누룩과 함께 가라앉아야 향기로운 글이 된다.

내 어린 시절, 어머니는 밀가루를 뺄어낸 밀기울을 물에 이겨서 잘 다져놓곤 했는데 그것은 얼마쯤 뒤에 누룩이 되었다. 누룩은 메주처럼 이로운 곰팡이에 의해 부식되는 것이다.

메주를 만드는 곰팡이는 볏짚에 많이 서려 있다. 메주를 만들 때 볏짚을 깔거나 그것으로 새끼를 꼬아 매다는 것은 곰팡이 때문이다.

기억의 창고 속에서 생생하게 살아 있는 기억은 좋은 글이 될 수 없다.

기억은 표면에서 썩어 없어져야 한다. 그리고 누룩이 되어야 한다. 그랬다가 어느 날 그것이 쌀로 찐 밥하고 만나 잘 섞인 다음 적당한 물 적당한 온도를 만나면 보글보글 괴게 된다. 향기롭게 괸 그것을 걸러서 마시면 우리들은 취한다.

썩을 줄 모르는 기억은 스스로도 술이 못되고, 과일이나 고두밥을 삭히는 곰팡이를 가지고 있지 않으므로 술을 만들어내지 못한다. 우리들을 취하게 하지 못한다. 그 술을 만드는 이로운 곰팡이는 무엇일까. 우리들의 글쓰기에서.

〈예문〉

우리 막내고모 가마 타고 시집에 간
첫날 상다리 휘어지는 신부상을 받았는데, 상 위에는
젓가락으로 집어먹어야 할 것들뿐이었습니다, 처녀 시절
부뚜막에 앉아 바가지에 밥을 담아 먹곤 한 막내고모는
젓가락질을 할 줄 몰랐습니다, 김치는 손으로 집어먹고
파래지국은 숟가락 궁둥이로 건져먹곤 하였으므로.

울긋불긋한 족두리 쓰고 활옷 입고 연지곤지 찍은 신부 체면에 차마

손으로 집어먹을 수는 없고, 젓가락으로 집을 수 있는 것은
콩나물뿐이라 그것만 거듭 먹었는데 들러리가 부엌을 향해 말하기를
'신부상에 콩나물 한 접시 더 주소. 우리 신부는 콩나물만 좋아하네!'

그날 밤 신랑과 한 이불 속에 들어간 우리 막내고모
우글거리며 밀고 나오는 방귀를 참고 또 참다가
배 뒤틀어 올라 뒹굴어 다녔는데

다섯 해 전에 당신 혼서만 아는 먼 나라로 떠나가신 우리 막내고모
시방 내 토굴 화단에서 이 조카 쳐다보며 웃고 있습니다.
  　　　　　　　　　　　　　　　　　　　　　　　－〈족두리꽃〉 전문

*내 기억 창고 속에 들어 있는 것은 '우리 고모'이고, 그것은 '족두리
꽃'으로 내게 온 혼령'이 누룩으로 작용한 것이다.

034 자기를 유배시키고 가두어라

어떤 글이든지 그것을 쓰기 위해서 나는 철저하게 나를 서재 속에 가둔다. 나뿐만이 아니다. 글을 쓰는 모든 시인 작가들은 다 그렇다.

〈예문〉

존재하는 것들은 모두 자기를 흥행시킨다. 흥행은 물속의 자기를 수면 위로 떠오르게 하는 것이고 햇살(조명)을 받게 하는 것이다. 그것을 위해 번쩍거리는 옷을 입고 화장을 진하게 하고 금은 장식품을 주렁주렁 단다.

요란스러운 옷이나 화장이나 치장을 거부하고 소박하게 자기를 꾸미는 것도 사실은 나름대로의 남다른 흥행을 위한 수작일 수 있다.

창녀도 그러하고, 교수 예술가 학자들도 그러하고, 정치인 사업가들도 그러하다. 심지어는 스님 목사 신부들도 그러하다. 절 교회 성당 국가 지 자체 기업들도 모두 그러하다.

꽃뱀 능구렁이 숭어 농어 말미잘 꿩 닭 염소 황소 갈매기 황새 사마귀 벌 나비 아카시아 찔레꽃 엉겅퀴꽃 칡덩굴들이 다 그러하다.

그것은 한 생명체가 자기의 자리매김을 하는 것이고, 돈벌이나 체제 유 지를 위한 것이다. 달리 말한다면 그것은 종족을 번식시키고 자기의 힘으 로 세상을 덮으려는 의지이다.

한 작가가 지금까지 도회에서 하여온 흥행을 걷어치우고 시골의 한적 한 곳으로 들어가는 것도 또한 장차 자기를 더 잘 흥행시키려는 의도 아닐 까.

흥행이 지나치면 삶이 허해진다. 그때는 몸과 영혼을 흔들리지 않는 시 공 혹은 그늘 속에 가두어야 한다. 그러한 채로 몸 만들기를 해야 한다.

마치 가임 여성이 건강한 아기를 낳아 키우기 위하여 몸과 마음을 제대 로 만드는 것처럼. 처녀라면 누구든지 첫아기 하나쯤은, 특별하게 신경을 써서 몸과 마음 만들기를 하지 않더라도 기본의 몸과 마음으로 건강하게 낳을 수 있을 터이다. 그렇지만 두번째 세번째 아기를 낳기 위해서는 몸과 마음 만들기를 새로이 하지 않으면 안 된다.

첫아기를 낳느라고 자궁을 혹사시키고 피를 흘리고 그 아기를 키우기 위해 자기 유방을 통해 젖을 공급했고, 모든 열정과 사랑과 시간과 공간을 투자했으므로.

첫아기를 잉태하기 이전처럼 튼실하게 몸과 마음을 준비한 다음 새 아기를 배태해야 한다. 그러기 위해서 얼마쯤의 시간을 흘려보내면서 기다려야 한다.

몸과 마음 만들기가 공부(工夫)이다. 부실한 몸은 부실한 마음을 가지게 된다. 부실한 마음은 세상과 삶을 비관적으로 부정적으로 회의적으로 짜증스럽게 보게 한다.

이 세상을 살아갈 만한 가치와 의미가 있는 것이라고 생각하는 것, 그 세상을 좀더 좋은 세상으로 만들겠다는 의지는 부실한 몸과 마음속에 배태되지 않는다.

아직 몸 만들기가 제대로 되어 있지 않은 부실한 상태로 조급하게 아기를 가지는 것은 그 한 몸의 자살행위일 뿐만 아니라 더욱 건강하고 아름다운 세상 만들기를 위해 해로운 일이다.

자기가 땀 흘리며 열심히 해가고 있는 일이 사실은 자살행위라는 사실을 모른 채 즐거워하는 사람들로 이 세상은 가득 차 있다.

"나무 위에 올라가 가지를 톱으로 자르는 나무꾼들 가운데는 그 나무의 큰 줄기 쪽에 앉아 톱질을 하지 않고 가지 끝 쪽에 앉아 톱질을 하는 미련한 자들도 있다. 가지 끝 쪽에 앉아 톱질을 하면 자기의 몸무게 때문에 그 톱질이 얼마나 잘 되겠는가. 그러나 그는 곧 자기의 톱질로 인하여 잘린 나뭇가지와 함께 땅으로 추락하여 죽게 된다."

서울에서 온 한 사려 깊은 친구가 이 이야기를 해주고 갔다. 시골에 와서 살고 있는 나의 붕 떠 있는 삶에서 미련스러운 나무꾼의 모습을 느낀 모양이다.

지자체의 장들이 인사를 오고, 근처에 사는 문사들이나 후배나 제자들이나 도회 대학들의 국문학과 문예창작과 학생들이 찾아옴으로 말미암아 나는 어질어질한 재미에 취해 있다. 어지러운 재미는 좋은 몸 만들기에 결코 이롭지 않은 일이다. 부실한 몸과 마음으로 하는 흥행은 나를 금방 파괴시키는 결과를 가져온다.

아아, 이쯤에서 어지러운 재미를 끊어야 한다.

나를 위리안치(圍籬安置) 시키지 않으면 안 된다. 위리안치는 조선조에 중죄인을 유배시킨 다음 달아나지 못하게 하기 위하여 탱자나무 울타리를 쳐 가두어놓는 것을 말했다.

나를 가두어 물 아래로 가라앉히고, 내 영토와 숲이 바래지지 않도록 햇빛을 차단하고 퇴비를 주고 지렁이와 굼벵이가 기생하게 하고 잡초를 매주고 녹색의 음습한 그늘을 만들어 이끼를 자라게 하…….

－〈자기 가두기와 풀어놓기〉 전문

035 | 모든 이름난 글쟁이들은 편집광들이다

《관촌수필》의 작가 고 이문구 씨는 대단한 스타일리스트라고 알려져 있다. 그의 소설들을 보면 문장 하나하나에 아주 많은 공을 들인 흔적이 역력하다.

대학 시절, 그는 뒷동산에서 혼자 거닐면서 무슨 말인가를 중얼거리곤 했고, 가끔 메모를 하곤 했는데, 그것은 좋은 문장가가 되기 위한 수련이었다. 그 결과 그는 그렇듯 특이한 스타일리스트가 된 것이다.

《난장이가 쏘아올린 작은 공》의 작가 조세희 씨는 문장 하나 때문에 하룻밤을 꼬박 세우곤 했다고 들었다. 이문구 씨 조세희 씨만 그런 것이 아니고, 좋은 작품을 써낸 모든 작가들은 다 자기의 문장을 정확한 미문으로 만들려고 피나는 노력을 한다.

좋은 시를 쓴다고 알려진 모든 시인들은 시 한 편을 보듬고 며칠 밤을 지새우기도 한다. 나는 늘그막에 들면서 한 작품을 거의 열 번까지 고치고 다듬는다.

어떠한 한 가지의 일에 달통한 모든 '꾼' 들은 모두가 사실은 편집광들이다.

〈예문〉

옛날에 시를 잘 짓는다고 소문난 선비가 한 명 있었다. 그는 자신을 찾아온 벗이나 후배들에게 새로 쓴 시를 내보이면서 이렇게 말하곤 했다.

"이거, 간밤에 영감이 떠올라서 잠깐 써본 것인데, 한번 읽어보게나."

그 시를 읽고 난 그의 벗이나 후배들은 한결같이 감탄을 금치 못했다.

"이건 사람이 쓴 게 아니야, 신선이나 귀신이 쓴 것이지."

그만큼 그 선비가 골라 쓴 말(시어)이나, 사물을 바라보는 섬세하고 정교한 눈, 또 그 시에서 노래하고 있는 세계의 아름답고 고움은 남달랐던 것이다.

한 후배가 매우 궁금히 여기며 그에게 물었다.

"선생님께서는 이렇게 적절한 말들만 골라서 표현하기 위해 얼마나 심사숙고하셨습니까? 아주 많은 시간 동안 명상을 하셨겠지요? 도대체 몇 번이나 고쳐 쓰고 다듬고 하십니까?"

그 말에 선비는 고개를 회회 저으면서 당당하고 거연하게 말했다.

"천만에! 나는 시문을 지으면서 이미 쓴 것을 고쳐 쓰거나, 그 가운데서 어느 부분을 잘라내는 등의 다듬는 일은 전혀 해본 적이 없어. 나는 처음에 한번 휘갈겨 써놓으면, 그것으로 끝이거든. 그리고는 깨끗이 잊어버리지."

"네에! 아하!"

후배는 경솔한 질문을 던졌다는 생각이 들어 금세 얼굴이 빨개졌다.

얼마 후, 선비가 소변을 보기 위하여 잠시 자리를 떴다. 그때 후배는 뜻밖에도 기막힌 것 하나를 발견하였다. 선비가 깔고 앉았던 방석의 한 귀퉁이 밑에서 뾰쪼롬이 비어져 나온 희끗한 것……. 그것은 선비가 시를 쓸 때 사용하는 종이였다. 후배는 얼른 방석을 들춰보았다. 순간 하늘의 해가 하나 더 떠오르는 것처럼 눈앞이 한층 밝아지는 것을 느낄 수 있었다. 후배는 이번에야말로 진정 감동 어린 목소리로 "아하!" 하고 탄성을 질렀다. 그 방석 밑에는 "간밤에 잠깐 썼다"고 하며 선비가 자랑스럽게 내보였던 시의 초고와, 그것을 세 번 네 번 새까맣게 고쳐 쓴 종이가 수북하게 쌓여 있었던 것이다.

그런데 시 잘 짓는다고 소문난 그 선비는 왜 그런 거짓말을 하곤 했을까? 그 이유는 간단하다. 글을 쓰는 사람들은 대개 자신의 천재성을 노골적으로 자랑하고 싶어하기 때문이다.

―〈글 잘 쓰는 천재들의 거짓말〉 중에서

036 고정관념과 통념을 뒤집어엎어라

남자 소변기 앞쪽의 바람벽에 금언이 한 개씩 붙어 있다. 내가 선 자리 앞에 붙어 있는 것은 "인간은 신의 걸작품이다"라는 말이다. 돌아서면서 나는 생각했다.

'아니다. 신이 인간의 걸작품이다.'

언제인가부터 나는 세상의 진리라고 떠들어대는 것들을 하나하나 의심하며 살기 시작했다. 그 진리들을 말하는 문장 다음에 '그러나' '그렇지만' '그런데' '그럼에도 불구하고' 따위를 붙여 생각해보기도 하고, '아니다. 그게 아니다'라고 하며 고개를 젓기도 한다.

그림을 처음 그리는 자에게 한 인물상을 앞에 놓고 데생을 시켜보면 자기 얼굴과 닮은 얼굴을 그려놓곤 한다. 그것은 얼굴 윤곽, 눈, 귀, 코, 입, 눈썹, 머리털은 대개 이러이러하다는 통념에 사로잡혀 있기 때문이다. 그리고 사람의 얼굴에 대한 그 사람의 통념은 거울 속에서 늘 보곤 하는 사랑하는 자기의 얼굴 모습과 제일 관계가 깊은 까닭이다.

그 통념이 우리들의 삶을 편하게 하기는 하지만 우리 삶을 두루뭉수리하게 만든다. 글쓰기에서 가장 경계해야 할 것은 바로 그 통념이다.

한 대상에 대하여 서술할 때 나는 그것을 제대로 보고 제대로 서술하고 있는가를 의심한다. 내가 서있는 자리에서 바라본 사물의 각도나 명암이나 색깔이나 원근이나 균형을 제대로 측정한 것인가. 이 단어는 모난 것이므로, 옆에 그 어떤 단어가 놓일지라도 서로 등을 두르고 있게 되지 않을까. 다음 문장에 놓일 단어들의 크기나 색깔이나 무늬를 고려할 때 이 말은 과연 여기에 알맞겠는가.

한 문장 속에다 단어 하나하나를 놓아가기는 돌담 쌓기와 비슷하다. 돌담은 아귀 맞추기를 잘해야 정교하고 매끄럽고 튼튼해진다.

〈예문〉

우주를 화려하게 색칠하는 것이 꿈인 나는
피어나는 것이 아니고

혈서처럼 세상 굽이굽이에 시를 쓰는 것입니다, 나는

향기를 뿜는 것이 아니고

사랑의 배앓이 하고나서 달거리를 터뜨리는 것입니다, 나는

칠보 장식한 비천녀의 공후인

시나위 가락으로 출렁거리는 혼령입니다.

별똥 떨어진 숲까지 다리 놓는 무지개로

쨍쨍 갠 날의 음음한 콧소리 합창으로

원시의 늪지대 달려가는 암컷 사슴의 숨결로

우주를 화려하게 색칠하는 것이 꿈인 나는

피어나는 것이 아니고 혈서처럼 세상 굽이굽이에다

시 같은 웃음을 까르르 까르르 알처럼 낳는 것입니다.

향기를 뿜는 것이 아니고 사랑의 배앓이 하고나서

달거리를 폭죽처럼 터뜨리는 것입니다,

이상李箱처럼 객혈하는 것입니다.

─ 〈꽃〉 전문

*여기서 시인은 '꽃은 피어난다'는 고정관념을 깨고 "혈서처럼 세상 굽이굽이에 시를 쓰는 것"이라고 노래했다.

037 | 고지식한 사고방식을 버려라

꿈속의 계단을 실수 없이 정확하게 계속 밟아 내려가거나 올라가는 자는 꿈에서 깨어나지 못하고 그리하여 다시 깊은 잠을 새로이 자지 못하는데, 잘못 헛디뎌 추락하는 자는 벌떡 깨어나 새로이 깊은 잠을 잘 수 있다.

기억력이 뛰어나고 늘 정확한 사고만 하는 사람의 머리에서는 문학적인 상상력이 일어나지 않는다. 과일이 썩지 않으면 술이 될 수 없듯이 어떤 생각이 기억 속에서 썩어 없어지지 않으면 문학이 될 수 없다.

고지식한 생각의 틀을 깨부술 줄 알아야 하고, 그것을 비틀어 꼴 줄 알아야 한다.

〈예문〉

　중학생 시절, 국어시간에 노트 검사를 할 때마다 선생에게서 꾸중을 들었다. 글씨가 난잡하고 쓸데없는 낙서들이 많다고. 그것은, 단세포적인 사고만으로 해야 하는 한 가지의 일에 오래 몰두하지 못하고 싫증을 잘 내는, 그리하여 산만하고 거친 성정 탓이었으리라. 노트에서 실망을 한 선생은 내 책장들을 이리저리 넘겨보았다. 책 여기저기에도 낙서들이 가득했다. 국어 선생은 나를 한심스러워했다.

　"너 이 자식, 장차 뭣이 되려고 이러냐?"

　노트 정리라면 내 옆의 짝이 가장 잘했다. 그의 노트는 필경사가 치수에 맞추어 쓴 듯한 자잘하고 반듯반듯한 글씨들로 채워져 있었다. 지은이, 주제, 단락의 뜻, 전체 줄거리, 낱말의 뜻, 숙어의 뜻들이 한눈에 구별해볼 수 있게 잘 배열되어 있었다.

　한데 그 친구는 나보다 더 무참하게 꾸중을 들었다.

　"이게 뭐야! 아이고 이 자식 뻔하다 뻔해!"

　선생은 왜 나보다 그 친구를 더 한심스러워 했을까.

　　　　　　　－〈나에게서 어떤 가능성인가를 발견한 선생님에 대한 기억〉 중에서

038 | 새로운 시각으로 새 진리를 발견하라

어느 늦은 가을 한낮에 광주 국립박물관 1층 전시실 한복판에서 희한한 것을 보았다. 몇 천 배 정도로 확대한 황토색 달걀 두 개가 공기방 부근이 잘려진 채 서로 입을 맞추고 있는 것이었다.

그것을 보는 순간 집채만 한 알 수 없는 원시 공룡의 알을 연상했고, 곧 거대한 암수 성기의 접합을 떠올렸다. 그것을 확실하게 알기 위하여 가까이 다가가서 설명서를 읽었다.

그것은 옹관이었고 나는 뒤통수를 한 대 얻어맞은 듯한 충격을 받았다. 부끄러워졌고 스스로에게 절망했다. 시체 넣는 그릇을 거대한 알과 생식기의 교접으로 연상하다니, 이러한 연상력으로 어떻게 좋은 소설을 쓸 수 있단 말인가.

집으로 돌아오는 버스 안에서, 차창 밖으로 스쳐 지나가는 잎사귀를 반쯤 잃어버린 은행나무들과 길바닥에 깔린 노랑나비 떼의 시체 같은 낙엽들을 보다가 '아하, 그렇다!' 하고 속으로 부르짖었다.

옹관에서 알과 생식기의 교접을 떠올린 것은 얼마나 놀라운 연상력인가. 알과 생식기의 교접은 생명의 시작이고 시체를 넣는 옹관의 공간은 삶의 마감자리에 놓여 있다. 결국 우리의 태어남과 죽음은 똑같은 시공에서 이루어진다. 우리는 멀고 먼 양극의 끝자락에 그것들이 자리잡고 있다고 착각을 하고 있었을 뿐이다. 이 깨달음은 이후 나의 삶을 넉넉한 쪽으로 나아가도록 해주었다.

글의 글다움은 발견과 깨달음에 있고, 그것은 새로운 시각에 의해서 얻어진다.

〈예문〉

어느 저명한 여성이 한 산의 전라도 쪽 능선을 오르고 싶다고 하여 ㄱ시인이 그녀를 자기의 차에 싣고 오르기 시작했다. 7부 능선까지 가파른 찻길이 ㄹ자로 오불고불 뚫려 있는 그 산.

그날따라 갑자기 기상이 나빠졌다. 중턱쯤에 이르렀을 때 천재지변이 일어난 듯 폭풍우가 앞쪽에서 몰아쳤다. 차가 나아가지 않고 오히려 뒷걸음질을 쳤다. 차가 날리고 미끄러져 길 가장자리의 아래로 굴러 떨어지지 않을까 두려워 길 가장자리에 차를 잠시 세웠다. 한참 동안 기다렸지만 그

폭풍우는 멈출 기미가 보이지 않았다. 그때 뒷좌석에 앉아 있던 그 여성이 차문을 열고 밖으로 나갔다.

"선생님, 바람에 날리십니다. 길옆이 낭떠러지입니다. 조심하셔야 합니다."

그가 말했지만 그 여성은 아랑곳하지 않고 길 위쪽으로 걸어갔다. 무얼 하려고 갈까. 소변이 급한 모양이다 싶어 더 말리지 않았다. 아닌게 아니라 그 여성은 얼마쯤 걸어가더니 바지를 끌어내리고 골짜기 아래쪽 새까만 어둠을 향해 쪼그리고 앉아 소변을 보았다. 그리고 되돌아와서 차에 올랐다. 얼마쯤 뒤 시인은 폭풍우가 약간 수그러지는 듯싶어 마음을 가다듬고 차를 몰고 그 산을 올라갔다.

시인은 그 일을 회상하면서 혀를 내두르며 "아따 참 무서운 분이셔요" 하고 말했다.

그 여성은 무슨 뜻으로 거기에서 그랬을까. 주술이다. 예로부터 신성한 산의 신령은 자기와 상대되는 여성이 접근하는 것을 막는다는 속설이 있다.

노고단은 높이 1,507미터로, 천왕봉, 반야봉과 함께 지리산 3대봉의 하나이다. 신라시대에 화랑국선의 연무도장이 되는 한편, 제단을 만들어 산신제를 지냈던 영봉으로 지리산 국립공원의 남서부를 차지한다. 노고단이란 도교에서 온 말로, 우리말로는 '할미단'이며, '할미'는 국모신인 선도성모(仙桃聖母)를 일컫는 말이다.

그 여성은 자기를 노고단에 오르지 못하게 막는 괴곽한 여신의 얼굴이나 몸통을 향해 오줌을 갈겨 제압한 것이다. 여성의 최고 최대의 무기는 음부이다. 그러면 그 천재지변 같은 폭풍우는 과연 그 산신이 부리는 괴곽

한 재앙이었던 것인가. 그 재앙은 그 여성의 오줌 줄기로 인해 제압된 것이었을까.

이 해석은 그 시인의 설명이나 여성의 뜻과는 전혀 상관없이 나 혼자서 내린 것이다.

인간처럼 교만한 동물은 없다.

사람들은 어떤 산을 한번 오르고 나서 그 산을 정복했다고 말한다. 한 바람둥이가 한 여자를 호텔로 데리고 가서 하룻밤 몸을 섞고 나서 그 여자를 정복했다고 말한다. 대개의 경우, 남성이 여성과 첫 관계를 가질 때 남성이 여성의 알몸 앞에서 무릎을 꿇는 체위를 사용하지 않을 수 없는데 그것은 사실상 굴복이다. 사람이 산에 들어서려면 그 산의 질서에 순응해야 하는 것 아닌가.

─〈지리산 노고단 가는 길〉 중에서

039 삐딱한 시선으로 바라보라

잘 아는 순천의 한 병원 원장이 햇차를 보내왔다. 쌍계사 근처의 신선한 녹차맛처럼 맑고 향기로운 분이 야생 찻잎으로 만든 차라고 하면서.

아, 벌써 햇차가 나왔구나, 하고 두근거리는 가슴을 억누른 채 차를 우려 향기부터 맡아보고 한 모금씩 음미하면서 마셔보았다. 갓난아기의 배냇냄새 같은 비릿한 향을 연상하며.

한데 보내준 이에게 매우 미안한 일이지만, 나는 그 차향과 맛에 실망하지 않을 수 없었다. 향을 맡고 또 맡아보았지만 그 배릿한 향기는 있는 듯 없고 없는 듯 있었다. 맛도 신선한 햇차 맛 같기도 하고 묵은 차의 떫은 맛 같기도 했다. 대개의 경우 햇차는 맛과 향이 진하지 않다. 그렇지만 이 차의 경우는 진짜 햇차는 아닌

듯싶었다.

차를 다 마시고 나서 돋보기를 끼고 찌꺼기를 들여다보았다. 검푸른 것과 연두색의 것이 섞여 있었다. 짐작건대 검푸른 것이 3분의 2쯤이고 연두색인 것이 3분의 1쯤이었다. 맛과 향과 찌꺼기의 색깔들을 종합해서 판단해보면, 그 차는 약간의 햇차와 묵은차를 섞어 포장한 것이 틀림없었다.

1백 퍼센트 순수한 것은 없다.
내 몸뚱이 내 영혼은 얼마만큼의 비순수와 순수가 조합되어 있는 것일까.

〈예문〉

"당신은 어찌하여 여기까지 오시게 되었소?"
어부가 물었고, 굴원이 대답했다.
"온 세상이 모두 악에 물들어 흐려졌는데 나 홀로 맑고, 많은 사람들이 옳지 못한 일에 취해 있는데 나 홀로 깨어 있으니〔衆人皆醉我獨醒〕, 적들로부터 미움을 사서 이리로 왔소이다."
다시 어부가 말했다.
"세상 사람들이 악에 물들어 흐려져 있으면 어찌하여 흐린 사람들과 동조하지 않으며, 뭇 사람들이 명리에 취해 있으면 어찌하여 그 찌꺼기를 먹고 순미(醇味)를 거르고 난 박주라도 마시고 함께 취하지 않았습니까?"

굴원이 말했다.

"새로 머리를 감은 자는 갓을 깨끗하게 털어버리고 나서 쓰고, 새로 목욕을 한 자는 반드시 옷을 훌훌 떨쳐 입는다고 했습니다. 차라리 내 몸을 고기의 배에 장사지낼지언정 어떻게 내 깨끗한 몸에 세상의 더러움을 뒤집어씌우겠소이까?"

굴원의 말을 듣고 난 어부가 뱃바닥을 탕탕 두들겨 장단을 맞추며 "창랑의 물이 맑으면 나의 갓끈을 씻고, 창랑의 물이 더러우면 내 발을 씻으리라〔滄浪之水淸兮 可以濯吾纓 滄浪之水濁兮 可以濯吾足〕"하고 노래하며 노를 저어 가버렸다.

—굴원, 〈어부사(漁父詞)〉 중에서

040 | 여행지에서 나의 참모습을 발견하라

　제주도에 가면 돌하르방을 보고, 해녀 한라산 백록담을 보고, 그 근처에 사는 노루들을 본다. 그 섬을 둘러싼 바다도 보고 쉴새 없이 밀려와서 부서지는 파도도 본다. 스쿠버 다이버들은 물속 생태계를 보고, 탐조대원들은 그 섬에 서식하는 새들을 보고, 지질학자들은 지층을 살피고 역사학자들은 아픈 역사를 본다.

　한데 다만 돌하르방, 해녀, 노루, 해저 생태계, 새, 지질, 역사적인 사실을 속속들이 보고 왔을 뿐이라면 제주도를 제대로 잘 보았다고 말할 수 없고, 확실하게 잘한 여행이라고 말할 수도 없다. 그 모든 것들을 보면서 그 속에서 '나'의 참모습을 찾아내지 못했다면 그것은 헛여행이다.

　절에 가서 부처님에게 절을 하는 것, 교회에 가서 하나님에게

기도하는 것은 결국 나에게 절하고 기도하는 것, 내 참모습과의 맞닥뜨리기이다. 절하고 기도하되 나의 참모습과 맞닥뜨리지 못한다면 그것은 기껏 남의 다리 긁기일 뿐이다.

참은 어디에 어떤 모습으로 있을까.

부모님을 모시는 일이 부모를 즐겁게 하는 데에 그 목적이 있다면 그것의 뜻은 밖에 있고, 그 일로 말미암아 모시는 자가 즐거움을 느낀다면 그것의 뜻은 안에 있다. 그것이 항상 안에 있어야 하는데 뜻처럼 되지 않는다. 참이란 것도 그렇게 늘 먼 데 있는 것 아닐까.

글 속의 참이란 것도 그러할 터이다.

〈예문〉

늦가을의 해질 무렵이었다. 뒷산 꼭대기에서 억새숲 무성한 자드락길을 내려오다가 내 등산화에 바야흐로 밟히려 하는 희끗한 얼굴을 보았다.

들국화 한 송이. 아아! 나는 속으로 소리치면서 그것을 밟지 않으려고 내디딘 발을 한 뼘쯤 더 앞으로 뻗었다. 그 발의 등산화 뒷굽은 허방을 디뎠고 나는 중심을 잃은 채 엉덩방아를 찧으며 골짜기로 굴러내렸다. 청미레덩굴의 가시가 귓바퀴를 할퀴었고 각시거미의 끈적거리는 집 한 채가 내 넋을 포획해버렸다. 가까스로 몸을 일으키며 두 손을 허우적거려 거미집 속에 잡혀 있는 나를 수습하고 조금 전에 본 희끗한 얼굴을 찾아 올라갔다. 거기 가냘픈 흰 얼굴이 웃고 있었다. 상처 입은 귓바퀴가 쓰라렸고 해가 소나무숲 사이로 엿보고 있었지만 나는 그 흰 꽃의 황금색 자궁에다 코를 대고 킁킁거렸다. 그것이 내 속으로 빨려들어왔고 내가 그것 속으로 스며들어갔고 나는 새털처럼 가벼워졌고 그리고 우주의 블랙홀 속에 들어선 듯 어지러워졌다.

우주 역사는 야만스럽게 직조된 피륙이다. 어둠의 날줄과 빛의 씨줄에 의한 피륙. 그 야만의 피륙은, 잡아먹는 사자나 독수리나 부엉이 따위의 부리와 발톱 같은 오라기들로 들여진 날줄하고, 잡혀 먹히는 사슴이나 영양이나 비둘기나 멧새들의 피 묻은 살 같은 오라기들로 들여진 씨줄하고가 만나 직조되었다.

앞으로 우리들의 역사는 또 어떤 색깔과 무늬의 피륙으로 짜여질까.

모래밭에는 밀려올라왔던 밀물이 썰물져 빠져나간 자국들이 선명하다. 지지지난 밤의 물자국, 그것에서 네댓 걸음 아래에 지난 밤의 물자국, 거기에서 다시 네댓 걸음 아래에 지난 밤의 물자국이 있다. 나이테 같은 그 시간의 자국들에는 거머리말, 톳나물, 미역줄기, 바지락껍질, 소라껍질, 부스러진 스티로폼 조각, 구겨진 비닐자루, 검은 양말짝, 면장갑 따위들이 줄지어 있다. 그 물자국들 사이사이에 은색 방게 걸어간 자국이 있다. 한 많은 혼령들이 된다는 은회색의 가냘픈 방게. 그 방게를 잡으러 달려간 물떼새의 발자국이 있고, 그 옆에 전날 깡소주 마신 누구인가가 '사랑은 새털처럼 가볍고 삶은 산처럼 무겁다'고 깜냥에는 한껏 멋을 부린 글씨로 써 놓았다.

나는 왕모랫길을 버리고 물자국과 물자국 사이를 밟으면서 나아간다. 멈춰 서서 뒤돌아보니 내가 남겨놓은 발자국들이 선명하다. 그것들을 선명하게 해주는 것은 치잣빛 기운이 서려 있는 아침 햇살이다. 나의 등산화 바닥에 밟히면서 도도록하게 올라온 부분은 금빛으로 반짝거렸고 우묵하게 패인 곳에는 거무스레한 어둠이 담겨 있다. 머지않아 밀려올라온 밀물의 파도 한 덩이에 가뭇없이 사라져버릴 도도록함과 우묵함과 거기에 어린 빛과 어둠들.

ー〈발자국에 대하여〉 전문

041 | 컴퓨터 글자판이 녹슬지 않게 하라

"살아 있는 한 글을 쓰고 글을 쓰는 한 살아 있을 것이다."

내가 어디에서인가 한 이 말을 생각하며 온 듯 그녀가 말했다.

"피아노 치는 사람도 그래요. 무슨 일로 인해서 하루 동안 치지 않고 있다가 그 다음날 치게 되면 스스로 '아, 손가락이 말을 잘 듣지 않는다' 하고 느낍니다. 이틀 동안 치지 않다가 사흘째 되는 날에 치게 되면, 옆에서 피아노 치는 것을 보는 사람들이 모두 '아, 이 사람 손가락이 말을 잘 안 들어주는가봐' 하고 느끼게 됩니다. 사흘 동안 치지 않다가 나흘째 되는 날 치게 되면, 그 소리를 듣고 있는 사람이면 누구든지 '아 저 사람 실수를 조금씩 하고 있구나' 하고 느끼게 됩니다."

내가 말했다.

"글 쓰는 사람의 만년필이나 컴퓨터 자판은 녹이 아주 잘 습니다. 하루 안 쓰고 있다가 이틀째 되는 날 쓰게 되면 만년필 촉 끄트머리(컴퓨터 자판 하나하나)가 약간 꺼끌꺼끌해져 있습니다. 이틀 동안 쓰지 않고 있다가 사흘째 되는 날 쓰게 되면 만년필의 잉크가 잘 나오지 않아 획획 뿌려가면서 써야 합니다. 컴퓨터일 경우 자판 하나하나가 낱말들을 물어내지 못합니다. 사흘 동안 쓰지 않다가 나흘째에 쓰게 되면 만년필이 잉크를 제대로 흘려놓지 않으므로 아예 촉을 뽑아서 막힌 부분을 청소하고 나서 쓰기 시작해야 합니다. 컴퓨터로 쓸 경우, 자판 하나하나가 자꾸 엉뚱한 낱말들을 물어내기 때문에 신경질이 납니다."

〈참고의 말〉

나는 가장 고통스러울 때, 그 고통스러움을 벗어나는 방법으로 글쓰기를 택한다. 가령 발가락을 지네에 물려 고통스러울 때, 컴퓨터 앞에 앉아 글을 쓴다. 한참 쓰다보면 통증이 가셔 있다.

무더위 속에서 나는 덥다고 선풍기나 에어컨 앞에만 앉아 있지 않는다. 컴퓨터 자판 앞에 앉아 글을 쓴다. 밤에 잠이 오지 않으면 엎치락뒤치락하지 않고 일어나 서재에 와서 글을 쓴다. 울화가 치밀어도 글을 쓰고, 고민거리가 생겼을 때도 컴퓨터 앞에 앉아 글을 쓴다. 나는 글쓰기에 미친 사람이다. 미쳐야 이룩할 수 있는 법이다.

042 | 5천 권의 책을 읽고 만 장의 글을 써라

추사 김정희 선생의 〈인재설(人才說)〉에 이런 대목이 있다.

"모든 사람이 아이였을 적에는 대개 총명한데, 이름을 기록할 줄 알만 하면 아비와 스승이 〈경전의 주석〉과 〈과거시험에 응시할 자들을 위하여 모아놓은 어려운 어구 풀이〉들만을 읽히어 그 아이를 미혹시키는 바람에, 종횡무진하고 끝없이 광대한 고인들의 글을 읽지 못하고 혼탁한 흙먼지를 퍼먹음으로써 다시는 그 머리가 맑아질 수 없게 되는 것이다."

김정희 선생은 후세들의 사고가 단세포화 되는 것을 경계한 것이다. 우리는 다섯 수레 이상의 책 읽기와 벼루 열 개를 구멍 내고 붓 천 개를 몽당붓으로 만든 부지런함을 통해 얻은 신통과 향기로움의 결과로 아름다운 서체를 만들어낸 한 천재 선인의 말에

귀기울여야 한다.

글을 쓰려 하는 사람의 생각이 가볍고 막히는 것은 책 읽기가 부족한 까닭이다. 책 읽기가 부족한 까닭은 시험을 잘 치르기 위한 공부만을 한 때문이다.

선인들은 다음과 같이 말했다.

"5천 권의 책을 읽고 쓰려고 하는 대상에 대하여 생각하고 또 생각하고, 좋은 글을 쓰기 위해 만 장의 종이를 허비해야 글다운 글을 쓸 수 있게 되는 법이다."

〈참고의 말〉

대학 다닐 때 강의가 없는 날이나 토요일 일요일에 도시락을 싸들고 도서관에 갔다. 열람실에 자리 하나를 마련해놓고, 세계문학전집을 한 권씩 빌려다가 읽었다.

가령 도스토예프스키의 〈죄와 벌〉을 읽은 다음에는 〈까라마조프가의 형제들〉을 읽고, 그것을 읽은 다음에는 〈악령〉을 읽었다.

앙드레 지드의 〈전원교향곡〉을 읽은 다음에는 〈배덕자〉를 읽고, 〈지상의 양식〉 〈법황청의 지하도〉 〈사전꾼〉을 읽었다.

전남 장흥 바닷가에 작가실을 짓고 살기 시작하면서 어린 시절에 읽은 〈맹자〉를 읽은 다음 〈논어〉를 읽고 〈대학〉 〈중용〉 〈시경〉 〈주역〉을 차례로 읽었다.

이후 나는 친구나 후배들에게 〈죄와 벌〉을 읽었다고 말하지 않고 '도스토예프스키' 를 읽었다고 말하고, 〈전원교향곡〉을 읽었다고 말하지 않고 '앙드레 지드' 를 읽었다고 말하고, 〈논어〉를 읽었다고 말하지 않고 '주자학' 을 읽었다고 말하곤 했다.

어떤 작가의 한 작품을 읽고 나서 어떻게 그 작가에 대하여 아는 체할 수 있는가. 그 작가의 모든 작품을 다 읽고 나서야 그 작가에 대하여 아는 체할 수 있는 것이다.

043 | 말의 퍼즐 놀이를 즐겨라

시나 수필 소설 따위의 문장 공부를 하는 사람이나, 어떤 단체의 인사를 담당한 사람은 최소한 서너 번쯤 돌담이나 돌탑을 쌓아볼 필요가 있다.

돌담이나 돌탑을 쌓을 때는 먼저 밑돌을 잘 놓아야 한다. 밑돌은 준비된 돌들 가운데서 가장 굵은 것들을 써야 한다. 그 밑돌 한 개 한 개는 양 옆에 놓이는 돌과 아귀가 잘 맞아야 한다. 그것들의 아귀를 맞출 때는 다음에 놓일 돌과의 아귀를 생각해야 한다.

돌탑과 돌담 표면에 사용되는 돌들은 생김이 두루뭉수리하면 좋지 않다. 세모, 네모, 기름한 네모, 마름모 따위로 개성〔角〕이 뚜렷해야 한다. 그 돌들은 돌무늬와 결과 색깔이 아름답고 고와야 한다.

두루뭉수리한 것은 여기도 어울리고 저기도 어울리지만 아귀를 지을 수 없으므로 그것을 표면에 놓을 경우 허물어지게 된다. 두루뭉수리한 것들은 안쪽에 조약돌들과 함께 속에 넣어야 한다.

돌담의 표면에 놓을 돌들, 각이 지고 결과 무늬와 색깔이 고운 그 돌들은 양옆의 돌들과의 아귀는 물론 위아래의 돌들과의 아귀도 잘 맞아야 한다.

마지막으로는 양옆의 돌과 위아래의 돌들의 무늬나 결과 색깔이 조화되어야 한다. 만일 양옆은 물론 위아래의 돌들과 아귀는 잘 맞는데 무늬와 결과 색깔이 맞지 않고 튄다면 조화가 되지 않으므로 다른 것과 바꾸어야 한다.

말에도 개성과 결과 무늬와 색깔이 있다. 글 쓰는 사람도 말 한 마디 한 마디를 돌탑 돌담 쌓는 사람처럼 다룬다.

〈예문〉

내 토굴의 전축 위에 열반부처상 사진을 놓고 산다. 죽어가는 순간을 묘사한 석가모니의 모습. 돈황에서 가져온 《돈황의 예술》이라는 책의 표지 사진을 액자 속에 넣은 것이다.

30대 중반쯤인 한 미남자가 열반에 들어 있는 모습. 성자의 모습은 나이를 초월해 있다. 죽어가는 것이 아니고, 편안하게 잠들어 있는 듯, 해탈 속에 깨달음 속에 들어 있는 듯싶다. 그 사진 밑에 '바다'라는 표찰을 붙여 놓았다. 바다는 하늘 허공 우주 무(無) 공(空) 극락 천국 따위와 동의어

일 수 있을 거라는 생각에서.

토굴에 들른 친지들 대부분은 그 열반부처의 사진을 가지고 싶어한다. 어찌 그것을 나 혼자서만 가진 채 뽐낼 것인가. 그것을 내 카메라로 복사해서 몇 십 장을 뽑아두고 가지고 싶어하는 친지에게 나누어주곤 한다. 앞으로도 그 일을 계속 할 참이다.

바다는 육지에 있는 모든 것들이 다 흘러가 모이는 곳이다. 연산강물 섬진강물 한강물 압록강물 대동강물 황하강물 갠지스강물 세느강물 메콩강물 나이아가라폭포물……. 세계의 하·폐수들이 다 흘러든다. 그 모든 물들은 원래 그 바다에서 증발되어 떠나갔던 것들이다.

머지않아 나도 그 바다로 흘러갈 터이다. 깜깜한 죽음의 시공. 흘러가 잠길 곳을 앞에 놓고 살면 오만해지지 않는다. 내 삶의 처음으로 돌아가 새로이 시작할 수 있다. 나는 작품 한 편 한 편을 영(0=제로), 그 비어 있음의 밑바닥에서부터 시작하곤 한다.

"나는 이때껏 아무런 작품도 쓴 적이 없다. 이제 막 등단한 신인이다. 지금 쓰고 있는 이 작품이 아름답고 튼실하면 독자들로부터 신뢰를 받을 수 있을 터이지만, 그렇지 않으면 따돌림을 받게 될 것이다. 너, 이 자식아, 정신 차려."

이것은 컴퓨터 자판 앞에 앉을 때마다 나를 다잡곤 하는 말이다.

처음이란 얼마나 좋은 것인가. 첫아기를 낳고 첫국밥을 먹는 날 아침, 올벼 쌀밥 먹는 맛, 입학 첫날, 입사 첫날 아침의 출근, 처녀와 맞이하는 첫날밤, 처녀비행, 처녀항해, 첫 등정……. 거기에는 희망이 가득 차 있다.

해마다 생일을 맞이하여 먹는 미역국에는 삶을 새로이 시작하라는 뜻이 담겨 있다. 기념일, 제삿날도 또한 그러하다.

열반부처, 그 '바다'를 보면 삶을 새로이 시작하는 마음으로 임하게 된다.

—〈또 하나의 바다〉 중에서

*위 예문 속에는 어떤 퍼즐 조각이 들어 있는가 생각해보라. 왜 열반부처에 "바다"라는 이름을 붙였을까. 바다는 내 삶의 궁극이 흘러갈 나의 시원이란 점을 생각하며 사유해보라.

3부
글은 어떻게 쓰는가

음악에 있어서 산조(散調)는 격을 깬 자유로운 가락이고, 산인(散人)은 자유자재한 사람이고, 산문(散文)은 시(詩)처럼 운율이라는 틀에 얽매이지 않은 자유로운 글이므로, 시에 비하여 산문은 말이 푸지되 헤프지 않아야 하고, 또한 철저하게 말 아끼는 맛을 잃으면 천해진다.

044

푸지되 헤프지 않게 써라

사람의 성품과 문장의 모양새는 비슷하다.

거연하고 거침이 없되 교만하지 않으며, 욕됨을 참아내기와 하심으로써 중생을 사랑하고, 검소하되 인색하지 않고, 섬세하되 조잡하거나 옹졸하지 않고, 소탈하되 천박하지 않고, 유창하되 약장수처럼 떠벌리거나 너스레를 떨지 않고, 걸림 없이 말하되 막살이하는 투의 호들갑을 떨지 않고, 화쟁(和諍)하되 이래도 홍 저래도 홍 두루뭉수리하지 않고 반드시 진리 하나를 도출해낸다.

문장 또한 그래야 한다.

음악에 있어서 산조(散調)는 격을 깬 자유로운 가락이고, 산인(散人)은 자유자재한 사람이고, 산문(散文)은 시(詩)처럼 운율이라는 틀에 얽매이지 않은 자유로운 글이므로, 시에 비하여 산문은

말이 푸지되 헤프지 않아야 하고, 또한 철저하게 말 아끼는 맛을
잃으면 천해진다.

〈예문〉

오랜만에 고향집에 갔다. 해가 뉘엿뉘엿 서산너머로 덜어지고 있었다.
혼자 사는 제수씨는 들에 나가 돌아오지 않았다. 마당은 텅 비어 있다. 나
는 뒤란 옹달샘에서 물 한 모금을 마시고 와서 마당 한가운데에 우뚝 섰다.

문득 내가 선 자리에 놓여 있곤 하던 어린 시절의 평상이 떠올랐다. 배
짓고 남은 삼나무로 만든 평상.

누님 형 나 동생들은 어머니의 양옆에 누웠다. 동생들은 서로 어머니
옆에 누우려고 싸우곤 했다. 그러다가 별을 헤아렸다.

"별 하나 꽁꽁 나 하나 꽁꽁, 별 둘 꽁꽁 나 둘 꽁꽁, 별 셋 꽁꽁 나 셋 꽁
꽁……"

누가 빨리 헤아리는지 내기를 했다.

피어오르는 모깃불 연기 사이로 암자주색의 밤하늘에 눈 깜박거리는
푸른 별 누른 별 붉은 별, 은하수 삼태성……

그 무렵이면 먼 마을에서 어미 소 울음소리가 들려오곤 했다. 송아지를
뗀 어미 소의 울음소리는 대개 목이 쉬어 있었다. 그 소들은 젖이 퉁퉁 부
으니까 송아지를 찾지만, 송아지는 이미 어디론가 팔려가서 나타나지 않
으니 목이 쉬도록 우는 것이었다.

그 소 울음소리를 듣던 어머니는 "아야! 그래서 그랬던갑다" 하고 나서

이야기를 시작하셨다. 해마다 어미 소의 울음소리가 들려오면 말해주곤 하는 이야기를 또 하시는 것이었다. 우리 태어나기 훨씬 전에 돌아가신 큰 댁 할머니의 이야기.

우리는 몇 차례 들어 다 알고 있는 이야기이지만 왜 또 그 이야기를 하느냐고 따지지 않고 별들을 처다보면서 들었다. 늘 들어도 가슴이 싸해지는 이야기이므로.

"큰댁에서 그해 봄에 암소가 송아지를 낳은께, 작은아들 분가시킬 때 줄라고 몫 지어놓았는데, 전부터 시낭고낭 앓던 작은아들이 갑자기 죽었단 말이다. 그런께 약시시 하느라고 진 빚대에 저 바다 건너 우산도 쇠장수한테 팔아부렀구나. 송아지를 섬에다 팔 때에는, 으레 쉽게 끌고 가려고, 어미 소를 앞세우고 바닷가에까지 송아지를 끌고 가는데, 그 적에도 그랬든갑더라.

송아지는 배를 타고 떠나가고, 어미 소는 집으로 돌아오고, 그때 배에 실려 가는 송아지가 얼마나 음메음메 하고 울고 어미 소는 또 얼마나 뒤를 돌아보면서 울었겠냐? 그날 밤 내내, 어미 소는 목이 칵 쉬도록 울었지야. 그런디 자고 일어나보니, 어미 소가 고삐를 끊고 어디론가 가버렸단 말이다. 대소가 사람들이 나서서 들로 산으로 이 잡듯이 뒤져도 못 찾았는디, 그날 저녁 무렵에 우산도에서 연락이 왔단 말이다! 어미 소가 새끼를 찾아 시퍼런 바다를 건너왔다고. 그 말을 듣고 난 큰댁 할머니는, '아이고 나는 짐승만도 못하네! 나는 짐승만도 못하네!' 하고 가슴을 꿍꿍 치다가 다음 날 황혼녘에 돌아가셨단다. 시뻘건 핏덩이를 토하시고."

서쪽 한재 고개 위로 그 핏덩이 같은 노을이 타고 있었다.

─⟨피처럼 타오르는 노을⟩

045 | 경허 스님이 술을 마시듯이 써라

선승 만공 스님과 경허 스님이 주고받은 선문답 한 대목을 이렇게 들었다.

경허가 제자인 만공을 데리고 길을 가다가 주막에서 술을 마셨다. 얼근해진 경허가 만공에게 물었다.

"자네는 술을 자주 마시는가?"

만공이 대답했다.

"아닙니다. 저는 술이 있으면 마시고 없으면 마시지 않습니다."

경허가 말했다.

"있으면 마시고 없으면 마시지 않다니? 나는 이렇게 마시네. 먼저 밀 씨앗 튼실한 것을 구해다가 기름진 땅에 뿌리네. 싹이 나서 잘 자라도록 거름 주고 북 주고 김매고 벌레 잡아주고, 수확을 한 다음 누룩을 만들어 적당한 온도에서 띄우네. 좋은 쌀과 잡곡으로 고두밥을 쪄서 그 누룩하고 버무려 동이에 붓고 미지근한 물을 부어 아랫목에 묻어놓고 부글부글 괴기를 기다렸다가 시기를 놓치지 않고 첫국을 떠서 조금씩 음미하듯이 마시고 남은 것은 탁배기로 걸러 마시기도 하고 소주를 내려서 마시기도 하네."

만공이 그 말을 듣고 크게 깨달았다.

글쓰기를 경허 스님의 술 마시기처럼 할 일이다.

〈예문〉

소설 쓰기는 나에게 있어 하늘의 명령(天命)에 따른 사업(事業)이다. 사업은 경제적인 활동만을 말하는 것이 아니다. 〈주역〉에서는 '사업'의 정의를 이렇게 말한다.

"우주의 율동 원리에 따라 천하의 인민에게 실행하는 것이 사업이다."

다산 정약용은 《대학공의》라는 저서에서, 불교인은 마음 다스리는 것을 사업으로 삼지만, 유학자는 사업으로써 마음을 다스린다고 했다. 선생에게 있어서의 사업은 저술하기였고, 그것을 통해 정심(正心)을 얻곤 했다. 정심은 불교에서 말하는 깨달음(覺)이다. 물론 선생의 저술 행위는 주역에서 말하는 바로 그 사업이다.

선생의 정직하고 청렴하고 치열한 귀양살이 이전의 삶을 읽으면서 나는 '예가 아니면 말하지 않고 예가 아니면 보지 않고 예가 아니면 듣지 않고 예가 아니면 행동하지 않는' 자기 성찰에 투철한 참 선비 학자의 꿋꿋

한 모습을 공부했고, 1801년 이후 19년 동안의 갇혀 산 삶과 해배 이후의 노년의 삶을 읽으면서는 갇혀 사는 사람의 아프고 슬픈 절대고독과, 그 고독을 이겨내려는 고귀한 분투와 꿈꾸기와 도학자의 여유를 배웠다.

그리하여 나그네새처럼 서울살이하던 나를 전라도 장흥 바닷가의 토굴로 끌고 내려와서 가두어놓고 기르면서 선생의 사업을 흠모하고 본받으며 살아온 지 올해로 13년째이다.

이 장편소설은 그 결과물이다.

천지간의 영검한 큰 산인 다산 정약용 선생을 읽어내는 일은 나에게 있어 하나의 구도행각이다. 오래전에 나는 먼저 선생의 둘째 형인 송암 정약전 선생의 이야기를 장편소설 《흑산도 하늘 길》로 형상화 시켰고, 다음은 선생의 제자인 초의 의순 스님의 이야기를 장편소설 《초의》로 그려냈고, 선생의 후학인 추사 김정희 선생의 이야기를 《추사》란 소설로 써낸 바 있다. 그 세 소설을 쓰면서 먼발치로 읽어온 다산 정약용 선생을 이번에는 정면으로 두루 깊이 읽었다. 그 과정에서 나는 선생의 무지막지하게 드높고 넓은 세계 속에서 절망한 혜장 스님처럼 한동안 길을 잃고 절망하며 헤매었다.

선생의 큰 산속에서 오랫동안 나의 길을 찾기 위해서 헤매던 나는, 선생의 삶과 사상과 철학을 관통하고 있는 아킬레스건 같은 생각의 끈을 찾아냈다. 그 끈이 나에게는 한 줄기 빛이었다.

—《다산》 '작가의 말' 중에서

046 | 글 속에 숨은 그림을 감추어라

삶의 행간(行間)에 자기 진실, 음험한 생각, 의혹의 덩어리 따위를 자기의 그림자처럼 드리우고 산다. 글쓰기는 그것 읽어내기이다. 그것을 발견할 수 있는 사람은 자기 삶을 늘 깊이 성찰하며 사는 사람이다.

그게 성찰되었다면 글 앞부분에서 당장 그것부터 내보이지 말일이다. 글 속에 숨은 그림처럼 감추어두었다가 맨 나중에 독자로 하여금 찾게 할 일이다. 글 읽기는 작가가 그 글 속에 숨겨놓은 그림 찾기이다.

보기를 하나 들겠다.

한 임금이 꿈을 꾸었는데, 임금인 자기는 극락의 꽃동산에 있고, 자신이 존경하여 국사로 모시는 스님은 지옥에 있었다. 놀라

깬 임금이 신하에게 물었다.

"이게 어찌된 일이냐? 그 일은 정반대로 되어야 하지 않느냐?"

영리한 신하는 물론 "상감께서 선정을 베푸신 결과이옵니다" 하고 너스레를 떨었지만, 그 말을 전해들은 누구인가가 말했다.

"당연한 일이다. 임금은 착한 스님을 국사로 받들었으므로 천국에 있고, 스님은 간교한 왕과 타협했으므로 지옥에 있는 것이다."

〈예문〉

황혼의
비낀 빛살 아래
집 한 채 짓습니다.

전신주의 벌이줄 감으며 올라가는 하늘 수박 덩굴이
타고 가는 소라고둥의 나선 같은
태극의 끝

그 시원의 숲속
옹달샘에 빠져 있는 달
바가지로 길어가지고 히들거리며 암자로 달려왔다가
사라져버린 그 달 때문에 슬피 울다가 죽어간

스님,

대취하여 강물 속의 달 건지려다가 익사한

이태백을

기리는

달 긷는 집.

─ 〈서시〉 전문

*위의 시에는 숨은 그림이 감추어져 있다. '달' 은 스님에게는 진리(깨달음)이고, 이태백에게는 예술의 가장 아름다운 극치일 터이다. 그리고 '집'은 시인의 집이기도 하고 시인의 마음이나 몸이기도 하다.

047 | 겨자씨 속에서 우주를 찾아내라

좋은 시인이나 소설가들은 거대한 것들보다는 사소한 것들에 주목하곤 한다.

유리왕의 〈황조가〉도 그러하다.

두 왕비가 서로 싸웠다. 중국 공주인 둘째 왕비가 자기 나라로 달아났다. 왕은 그 왕비를 붙잡으려고 국경으로 달려갔지만 허사였다. 때마침 꾀꼬리 한 쌍이 사랑을 나누고 있었다. 유리왕은 그 모양을 보고 자기 슬픔을 토로했는데 그것이 시가 된 것이다.

"바닷가 갈대밭 어귀, 쑥부쟁이꽃 흐드러진 언덕에 차를 대놓고, 오지 않을 줄 알면서도 그녀를 기다린다. 메추라기 새끼들 같은 갈대꽃들이 햇살 아래서 몸을 떨고 있다. 개개비 암수 한 쌍이 갈대 줄기 셋을 한데 얽어 복조리만 하게 집을 지었다. 암놈 수놈이 번갈아 솜털을 물어다가 보금자리에 깐다. 드나드는 그들의 까딱거리는 날갯짓 몸짓이 희망에 차 있다. 머지않아 그들은 거기에 알을 낳을 것이다."

지은이의 적당한 슬픔이 서려 있어야 글은 옥색 수정처럼 향 맑아진다. 오지 않을 연인을 기다리는 갈대밭에는, 이미 갈라선 그들의 추억이 서려 있다. 여기 차를 대놓고 밖을 내다보는 사람의 눈에 비치는 쑥부쟁이꽃, 흘러가는 구름, 울어대는 암수 개개비. 모두가 의미심장한 우주의 율동 그 자체인 것이다.

〈예문〉

심한 부정맥 때문에 잠을 설친 늦여름 날 아침, 사위한테서 전화가 걸려왔다. 병원에서 투병하던 조태일 시인이 영안실로 실려갔다는 전화.

부음을 듣자 연꽃이 보고 싶어졌다. 곡성 산골의 태안사에서 나고 자란 그 시인이 돌아갔다는 말을 듣는 순간 연꽃이 보고 싶어졌다. 아침밥을 먹은 다음 아직도 거듭되는 부정맥 때문에 하늘이 가끔 노랗게 보이곤 하고 무력증이 밀려오곤 하였지만 바랑에 카메라를 챙겼다. 망원 렌즈, 접사 렌즈, 광각 렌즈, 삼각대, 필터, 필름.

그의 영구차가 장지로 떠나가는 그 시간에 나는 전주 덕진 공원에서 연꽃 사진을 찍고 있었다. 그 많고 많던 연꽃들은 다 져버렸고 늦깎이 비구니의 용맹정진으로 말미암아 초췌해진 얼굴 같은 한 송이만 남아 있었는데, 그것마저도 바야흐로 지고 있었다. 그 꽃 한 송이를 아쉬워하며 위에서 찍고 옆에서 찍고 멀리서 찍고 가까이서 찍었다. 쟁반만 한 연잎 위에 누워 있는, 뚝뚝 임리한 피 한 방울 같은 꽃잎을 접사 렌즈를 이용하여 필름에 담았다. 그래, 그렇다. 조 시인아, 꽃잎아, 우리 모두 결국에는 그렇게 저렇게 피었다가 시들어져가는 것이다.

서터를 눌러대다가 자세히 보니 연잎의 핏줄 같은 맥들도 오른쪽으로 돌고 있었다. 나는 속으로 소리쳤다. 그래, 모든 것은 이렇게 돌고 또 도는 것이다.

　　가아 할 때가 언제인가를 알고
　　분명히 알고 가는 이의
　　뒷모습은 얼마나 아름다운가.

이형기 시인의 〈낙화(落花)〉를 중얼거리면서 사진을 찍었다.

—《바닷가 학교》 중에서

048

밀도 있게 살고 밀도 있게 써라

차근차근 조리 있게 말하는 사람이 있는가 하면, 덤벙대면서 두서없이 종잡을 수 없게 말하는 사람이 있다. 착한 짓만 골라서 하고 진실만 말하는 사람이 있는가 하면, 도깨비처럼 엉뚱한 짓을 저지르고 풍을 잘 치는 사람이 있다. 늘 다소곳하면서도 자기가 할 일이 무엇인지를 알고 조용히 하나하나 해나가는 사람이 있는가 하면, 주견 없이 미친년 서방 맞추듯이 살아가는 실속 없는 사람이 있다.

글도 그러하다.

"나는 늘 바람을 금속성 어린 청대숲의 소리를 통해 느끼곤 한다. 서재 뒤란의 청대숲에 들어선 바람은 소나기 한 줄기가 지나가는 듯한 소리를 내곤 하는데 그것은 그때마다 나태해 있거나 구질구질한 생각으로 인해 구겨져 있는 몸과 마음에 싱싱한 물결을 일으켜준다. 그것은 적어도 우주 자궁에서 달려온 신화의 소리이다."

여기에 인용한 글의 문장과 문장 사이에는 고리가 달려 있다. 그 고리가 앞뒤의 문장을 튼튼하게 이어준다. 고리 달려 있는 문장을 밀도 있는 문장이라 말한다. 그 고리는 솔기가 밖으로 드러나지 않아야 한다.

〈예문〉

선생의 어머니가 천관사 부처님께 빌어 낳은 선생은 키 150센티도 못되는 데다, 짚뭇 하나도 들어 옮기지 못하는 약질이었습니다. 선생의 아버지는 선생에게 평생 먹고 살 밑천을 마련해준다며 글을 읽혔고, 선생의 어머니는 살강 위에 동냥치들 접대용 개다리소반과 밥그릇 스무 남은 개를 줄줄이 늘어놓고 적선하며 선생의 장수를 빌었습니다.

사서오경 다 읽은 데다, 이백 도연명 두보 굴원 백낙천 소동파 줄줄이 외고 시를 지었고 명필 말을 들었지만, '걸어 다니는 갓'으로 불릴 정도였으므로 향교 출입하는 사람들이 동무 삼으려 하지 않았습니다.

서당 훈장을 하는 선생에게 시집오고 싶어한 여인이 있어, 선생은 슬하에 아들 둘 딸 둘을 두었습니다.

임오년(1942) 뙤약볕 가뭄에, 며느리가 바야흐로 해산을 했으므로, 선생이 산골 다랑이 논에 물을 푸러 간 아내의 손을 갈아주려고 가는데, 네 살짜리 손자가 따라가면서 어부바, 어부바 울어댔습니다. 약질인 선생이 그놈을 업고 가다가 걸리다가 하면서 비탈진 자드락길 따라 다랑이 논에 이르러 보니 아내가 방죽 물속에서 고이 잠든 천사처럼 누워 있었습니다.

이후 홀로 살아온 선생이 땅거미 내릴 무렵 풍월하러 갔다가 술 얼근하여 돌아오면 초등학교 다니는 그 손자는 달려나가서 인사를 하곤 했는데, 선생은 그 손자를 끌어안아 가랑이 속에 끼워넣고 어기적거리며 "너, 이놈, 너 때문에 너희 예쁜 할머니 잃어버렸다!" 하곤 했으므로, 손자는 그때마다 보얀 안개 너울 속에 고이 잠들어 있는 듯한 한 천사의 주검 모습을 떠올려야 했습니다.

선생이 거처하는 사랑방에는 낮이면 근동 아이들이 와서 공자 맹자를 읽고, 밤이면 지필묵 장수, 상 장수, 채 장수, 사주쟁이, 훈장 자리 보러 다니는 가난한 선비, 목수, 미장이, 날품팔이들이 와서 밥을 얻어먹고 잠을 자곤 했습니다. 선생은 밤이면 나그네들에게 이야기를 시켰고, 선생 스스로도 도깨비 이야기, 호랑이 이야기, 신화, 전설, 홍길동 이야기, 임꺽정 이야기, 춘향전, 심청전, 흥보전, 삼국지를 이야기했습니다. 마을 어른들은 한도 끝도 없는 선생의 이야기를 들으려고 왔다가 선생의 방 여기저기에서 비비적대며 잤습니다. 옆에 늘 그 손자를 두고 머리 쓰다듬으며 글을 읽혔는데 그놈이 키 172센티로 크게 자라서 시방 이 시를 쓰고 있습니다.

아, 사랑하는 나의 할아버지, 내 글의 시원.

―〈'걸어 다니는 갓' 월계 한재순 선생〉 전문

049 물 흐르듯이 꽃이 피듯이 써라

글을 쓴다는 것은 땀 흘리면서 페달을 밟아야 나아가는 자전거 타기처럼 원시적인 작업이다. 온전한 내 마음과 몸으로 때우지 않으면 안 되는 일이다. 어떤 동력을 이용하여 스크루를 돌림으로써 배를 추진시키는 것이 아니고 두 손으로 노를 저음으로써 추진시키는 것이다.

우주의 순환, 우리 정서의 흐름은 물의 흐름이나 바람의 율동과 같다. 바람 따라 돛을 달아야 하고 물의 흐름 따라 배를 몰아가야 한다. 물과 바람을 거슬러 나아가려 하면 힘들게 노를 젓지 않으면 안 된다. 이때 젓는 노는 그야말로 사람을 잡는다. 바람과 물의 흐름을 거슬러 나아가려 하면 땀을 뻘뻘 흘리지 않으면 안되는데, 그렇게 흘린 땀만큼 배는 나아가주지 않는 법이다.

바람을 등지고 노를 젓거나 돛을 달아야 하고, 밀물이나 썰물이 달려가는 방향으로 뱃머리를 두어야 한다.

바람과 물을 거슬러 땀을 뻘뻘 흘리면서 노를 젓는 일은 고달프게 주제를 설명하기이고, 주제를 내포하는 일화 한두 가지를 늘어놓는 것은, 썰물이나 밀물이 나아가는 방향 따라 뱃머리를 둔 채 돛폭 가득하게 바람을 담아 키를 잡고 여유롭게 항해하기이다.

이것을 '물 흐르듯 꽃이 피듯[水流花開]'이라고 한다.

〈예문〉

해남 고천암 호수로 가창오리를 보러 간다. 겨울 철새를 보러 갈 때에는 두꺼운 옷과 방한화와 머리에 쓸 모자와 쌍안경을 준비하지 않으면 안 된다. 또 하나, 새에 대한 기본 상식을 가져야 한다. 그들의 순수와 진실과 그들의 질서를 알아야 한다. 박남수의 시 〈새〉는 많은 것을 생각하게 한다.

하늘에 깔아논

바람의 여울터에서나

속삭이듯 서걱이는

나무의 그늘에서나, 새는

노래한다. 그것이 노래인 줄도 모르면서

새는 그것이 사랑인 줄도 모르면서
두 놈이 부리를
서로의 죽지에 파묻고
따스한 체온을 나누어 가진다

새는 울어
뜻을 만들지 않고
지어서 교태로
사랑을 가식(假飾)하지 않는다

─포수는 한 덩이 납으로
그 순수를 겨냥하지만
매양 쏘는 것은
피에 젖은 한 마리 상한 새에 지나지 않는다.

우리의 삶은 순수한 가치 즉 진실을 추구하고 지향한다. 마음을 비운 깨달음의 세계, 천국, 진여가 그것이다. 그러나 우리는 그 세계에 이르려고 애를 쓰지만 자꾸 헛물만 켤 뿐이고, 그 세계를 억지로 붙잡으려다가 오히려 그 순수한 세계를 손상시키곤 한다. 억지로 하는 사랑, 잘못된 개발, 물리적인 밀어붙이기도 그러하다. 모든 순수함은 순리에 있다. 물리적인 힘으로 밀어붙여서 얻는 것은 기껏 "피에 젖은 한 마리 상한 새"에 지나지 않는다는 것을 명심해야 할 일이다.

새들의 순수와 더불어 새들의 균형에 대하여 생각지 않으면 안 된다.

새들은 한쪽 날개로는 날 수 없다. 반드시 왼쪽 날개와 오른쪽 날개로 동시에 공기를 밀어내서 날아야 한다. 그것은 개혁과 보수가 둘이 아니고 신과 인간이 둘이 아니고 부처님과 중생이 둘이 아니고 선과 악이 둘이 아님을 가르쳐준다. 새들에게는 좌우 어느 한쪽 이념만으로의 치우침이 없고 오직 중정(中正)만 있다.

그 중정과 더불어 알지 않으면 안 되는 것이 새들의 절망이다. 새들은 두 날개로 동시에 공기를 밀어내고 허공으로 날아오른 다음 곧 다시 공기를 밀어내고 또다시 거듭 밀어내지 않으면 추락하게 된다. 새들은 추락하지 않기 위해 거듭 날갯짓을 해야 한다. 날갯짓을 거듭하지 않으면 추락한다는 강박에 사로잡혀 있다. 먼저 한 날갯짓으로 상승하고 그 상승의 관성이 사라지기 전에 다음의 날갯짓을 하려고 날개를 위로 쳐드는 사이 그들은 하강과 추락에 대한 두려움 속에 빠진다. 날갯짓을 하는 사이사이 그들은 절망한다.

- 〈해남 가창오리를 보러 가면서〉 중에서

050 | 슬픈 눈빛으로 재구성하라

광주 삼각동 산골에서 살며 교직 생활을 할 때의 일이다.

아침 식전에 뒷산 숲에서 우는 뻐꾹새 소리가 청아하여, 녹음기를 마당 한가운데에 놓고 빨간 단추를 눌러놓았다. 제 소리를 녹음하고 있는 것을 알 리 없는 뻐꾹새는 기운차게 목청껏 노래했다.

우둔거리는 가슴으로 생각했다. 녹음기 속에 담긴 뻐꾹새 소리를 학교로 가지고 가서 동료 선생님들과 학생들에게 자랑하리라.

뻐꾹새가 노래를 멈추었을 때 되감기를 한 다음 재생 단추를 눌렀다. 전혀 뜻밖의 일이 일어났다. 뻐꾹새의 노래는 녹음되지 않고, 대울타리를 사이에 둔 옆집에서 펌프로 물 긷는 '철크럭철크럭' 소리만 녹음되어 있었다.

사람의 귀와 녹음기의 차이를 알지 못한 내 착오의 결과였다. 녹음기와 사진기는 풍경의 원근과 명암과 볼륨을 가감 없이 드러내주지만, 사람의 귀와 눈(가슴)은 풍경을 자기 감성으로 재구성하여 듣거나 보고 느낀다.

대개의 경우 사람들의 귀와 눈은 나름대로 어떤 상처인가를 입고 있는 것이므로, 그 풍경을 글로 표현할 때는 대체로 슬픈 안목으로 재구성하게 마련이다.

글쓰기는 풍경을 슬픈 눈으로 재구성하기이다.

〈예문〉

짓밟힘을 당하고만 있지 않겠다면서 차돌 같은 주먹들을 치켜들고 외쳐대며 달려오는 사람들 같은 파도들이 모래톱과 갯바위들을 두들겨 패는 싸르르 쏴아 싸르륵 쓰와아 소리를 들으면서 일흔일곱 살의 아버지는 무상한 세월의 무늬를 생각했다. 그 파도들은 해와 달이 떠오르곤 하는 고흥 반도 쪽에서 달려오고 있었다.

스스로 드높은 삼각뿔처럼 만들어졌다고 한껏 위세를 부리면서 흰 모래언덕을 모두 휩쓸어버릴 듯이 달려온 파도 하나는 모래톱에서 재주를 넘으며 흰 거품 한두 바가지쯤을 뿜고는 소멸되었다. 뒤이어 펑퍼짐한 자기 모양새를 스스로 면목 없어 하는 다른 파도 하나는 운명이기 때문에 어찌할 수없이 달려오기는 하지만 재주다운 재주 한번 넘지 못하고 유야무야 없어졌다. 그리고 거죽은 밋밋한 듯하지만 뿌리가 깊고 폭이 넓은 또 다른 파도 하나는 오기스럽게 융기하면서 내달려와 흰 언덕 쪽을 두어 발쯤이나 휩쓸고는 스러졌다.

첫번째 것은 할애비이고 두번째 것은 애비이고 새번째 것은 손자였다. 언제 와서 보든지 파도들은 그 삼대의 삶을 반복하고 있곤 했다. 할애비 다음에는 애비, 애비 다음에는 손자.

"애비야아, 울화를 속에 지니고 있으면은 몸 상한다잉. 부디 마음 비우고 넉넉해져뿌러라이. 움켜쥐고 있지만 말고오, 눈 따악 감고오 쥐뿌러어. 저, 느그 새끼 안쓰러워 못보겄다아. 그동안 빈손 쥐고 반거지 노릇 함스롬 살아봤응께 일 것 다 알지 안 했겄냐아? 한번만 더 믿어봐라잉. 지놈도 인자는 쉰 고개를 훌쩍 넘어뿌렀응께에."

툇마루를 내려서는 그의 등에다 대고 지껄이는 아흔여덟 살 노모는 애달파하면서 말했다. 그 말에 아픈 세월의 무늬가 새겨져 있었다.

— 〈수방청의 소〉 서두에서

051 낙화의 슬픈 마음으로 써라

근래에 들어 이상 기후로 인해 봄이 너무 따뜻하니 모든 꽃망울들이 거의 동시에 미친 듯이 터지곤 한다. 매화꽃, 진달래꽃, 개나리꽃, 민들레꽃, 살구꽃, 능금꽃…….

황홀한 꽃 산하 속에서 우리는 들뜬 마음을 주체하지 못했다. 광기처럼 들뜨면 심성이 흔들린다. 흔들리면 파도 위에 뜬 배 위에서처럼 어지럼을 느끼게 되고 사물을 올바르게 보지 못하게 된다.

세월은 우리를 더 오랫동안 들떠 있지 못하게 하려고 화사한 꽃의 장막을 거두어준다. 동시에 연두색 신록의 산하로 바꾸어준다. 꽃이 진다는 것은 성숙으로 간다는 것이고, 그것은 열매를 맺게 한다는 것이다. 그럼에도 불구하고 꽃이 질 때 나비와 벌과 새와 우리는 슬퍼한다.

이 세상의 모든 움직임과 모든 멈추어 있음은 번갈아 나타난다. 우리에게 환희만 주고 슬픔을 주지 않았다면 우리는 늘 들떠 있기만 하고 가라앉을 줄은 몰랐을 것이다.

슬픈 눈을 가지는 것은 행운이다. 슬픈 눈으로 볼 때 세상은 제 모습대로 보인다. 빛 저쪽에 어둠이 보이고, 환희와 열락의 삶 저쪽에 비애와 허무와 죽음이 보인다.

꽃 피어 있음만을 보는 환혹의 눈으로는 좋은 글을 쓸 수 없다. 마녀의 달거리처럼 땅에 질펀하게 떨어져 누워 있는 꽃잎들을 보는 슬픈 눈으로라야 좋은 글을 쓸 수 있다.

모든 글은 참되게 살다가 참되게 죽어가는 길 가르치기이다.

〈예문〉

내 손은 왜 부처님손이고 다리는 왜 나귀다리인가. 내 얼굴은 왜 바야흐로 만개한 연꽃이고 아랫도리는 진흙탕 속의 연뿌리인가.

이곳에서 백합이라는 이름으로 불리는 황지란은, 줄기가 절대로 구부러질 줄 모르고 하늘을 향해 곧게 치솟듯 자라기만 하는 삼나무 숲속의 조선참솔 통나무집 황토방 속에서 반가부좌를 한 채 머리 속에 그 화두를 굴리면서 비발디의 만돌린 협주곡을 듣고 있었다. 음악이 초가을 청자색 하늘 한가운데서 투명한 날개를 퍼덕거리며 맴을 도는 고추잠자리들을 떠오르게 했다. 그녀는 머리 파르라니 깎은 작달막한 체구의 앳된 비구니가 한

소식 하겠다고 용맹정진을 하듯이, 조개가 진주를 키우듯이 자궁 속의 아
기를 키우고 있었다.

― 〈내 서러운 눈물로〉 서두에서

052 순리의 가락을 따라 써라

물도 아래로 흐르고 사랑도 아래로 흐른다. 모든 것은 가장 편한 길을 따라 가려는 성질, 그러한 가락을 가지고 있다는 점에서 닮았다.

우리의 삶도 그러한 가락을 가지고 있으므로 그 가락을 따라 살면 편하다. 순리란 것이 그것일 터이다.

태극의 문양이나 소라고둥의 나선은 그 가락을 잘 나타내준다. 시원의 무극에서 영원 쪽으로 향해가는 태극 혹은 무한대로 각도 벌려가기.

봄의 들판에서 훈훈한 바람에 들뜬 채, 눈에 보이는 파릇파릇한 나물들을 하나도 놓치지 않으려고 한사코 많이 성급하게 캐어 담은 바구니에는 티와 낙엽과 뻣뻣한 줄기와 뿌리들이 섞여 있게 마련이다.

여인들은 집으로 가져온 그 나물바구니를 그냥 솥에 털어 붓고 국을 끓이지 않는다. 먼저 신문지 위에 부어놓고 부드러운 순과 잎만 가려낸다. 나물에 묻어 있는 흙과 먼지들을 다 털어내고 물로 씻어내고 헹군 다음 솥에 넣고 알맞게 물을 붓고 양념을 한 다음 불을 지핀다.

글이란 것도 당연히 그렇게 해야 한다.

⟨예문⟩

바람은 언제 어느 때 보아도 짓궂다. 술래로 하여금 바람벽에 머리를 처박은 채 ㄱ자로 허리 굽히고 있게 해놓은 다음 말뚝박기를 하는 개구쟁이들처럼 바다 쪽에서 달려오는 바람은, 자기의 주렁주렁 매달린 황금색 열매의 무게를 감당하지 못하고 뻐드러진 유자나무 가지를 올라타고 한동안 엉덩방아를 찧어대다가 모두걸음으로 뜀박질 쳐 올라가서 토굴 처맛귀에 대롱거리는 풍경의 양철판 고기를 흔들어댄다. 그 고기의 요분질 같은 요동을 견디지 못하고 풍경은 간지럼 잘 타는 아기처럼 몸을 흔들어대며 떼엥 뗑그렁 웃어댄다.

그래, 삶은 의무감으로서 사는 것이 아니고 저런 바람을 품은 채 한껏 즐기는 것이다. 숨이 붙어 있는 한 저렇게 웃으면서 버티는 것이다. 각자 받은 소명을 다하기 위해서.

쪽빛 천을 깔아놓은 듯한 하늘을 배경으로 산발한 지신의 머리털 같은 검은 잔가지들에는 감들 몇 십 개가 꽃봉우리들같이 달려 있고, 그것들은 아침 햇살을 받아 빛나고 있다. 내 생각에 대하여 그렇다고 대답을 하기라도 하듯.

─⟨그러나 다 그러는 것만은 아니다⟩ 중에서

053 | 허방 혹은 플라시보를 이용하라

    사람들이 다니는 길에 자그마한 웅덩이를 파고, 자잘한 막대기 여러 개를 시울에 걸쳐놓은 다음 풀을 덮고 그 위에 마른 흙을 뿌려놓으면 허방이 된다. 사람들은 그것을 디디자마자 균형을 잃고 엎어지게 된다. 그 몰래 파놓은 웅덩이를 허방이라고 한다.

    편평한 길이 우리들의 구조적인 삶의 신실한 가닥이나 결이나 무늬라면 허방은 그것을 지워놓고 누구인가로 하여금 속게 만드는 것이다. 우리들은 스스로를 위하여 허방을 만드는 수가 있다.

    한 아이가 힘이 센 상대에게 겁을 먹고 두려워하는 스스로를 향해 '너는 이길 수 있어. 저놈이 알아차리지 못하고 있을 때에 재빨리 선수를 쓰면 되는 거야' 하고 최면을 건다. 그러한 각오로 상대에게 덤비면 비록 코피 터지게 얻어터질지라도 나를 늘 만만

하게 보던 상대로 하여금 최소한 '저 자식 바보 겁쟁이는 아니로구나!' 하고 생각하게 하는 성과쯤은 거둘 수 있다. 아니 뜻밖에 승리를 거두기도 한다.

의사들은 어떤 환자에게 아무 효과도 없는 헛약을 처방해주는 경우가 있는데 그것을 '플라시보'라고 한다. 가령 불면증 환자인 경우, 그 환자는 그 헛약을 먹고 아주 잘 잤습니다, 하고 말한다고 한다.

50년 가까이 글을 써오는 나는 시방도 늘 나의 길에 허방을 파곤 하고 거기에 빠지면서 새로운 길을 찾곤 한다.

〈예문〉

늘그막에 허방 하나 팠습니다,
넘어지더라도 다치지 않는
고향의 숲과 바다 같은
허방

세상사에 지치면 거기에 빠져 넘어지고
넘어지면 넘어진 김에 한숨 푹
늘어지게 자고 털고 나서곤 하는
허방

이후 언제인가부터는 나 스스로 누군가를 빠지게 하는

허방이 되어줍니다,

나의 허방 속에 빠진 사람이 내 속에서 넘어지고

넘어지면 넘어진 김에 한숨 푹

자고 가게 할

허방

그 이후 언제인가부터는 내 허방 속에 넘어진 그 사람의 가슴을

허방으로 만들어 그 속에 넘어지고

넘어지면 넘어진 김에 한숨 푹

자고 나서 털고 일어서서 걸어가곤 하는

아, 사랑하는 나의 허방.

─〈사랑하는 나의 허방〉 전문

054 | 막고 품어라!

고기잡이에는 낚시나 그물이라는 기교가 사용된다. 가느다란 대 끝에 낚싯바늘 한 개를 달아 쓰는 세월 낚기 같은 낚시질이 있고, 몇 백 미터 되는 줄에 낚싯바늘 수백 수천 개를 줄줄이 달아 던져넣는 주낚질이 있다. 그물을 던져 포획하는 투망질이 있고, 물목에 그물을 막아 잡는 정치망이 있고, 어선 꽁무니에 저인망을 매달아 갯벌바닥을 훑어 잡는 무지막지한 방법이 있다.

고기잡이 가운데서 가장 미련스러운 것은 낚시나 그물을 사용하지 않고 잡는 방법이다. 개울의 위쪽과 아래쪽에 둑을 쌓아 막은 다음 땀 뻘뻘 흘리면서 양동이로 물을 퍼내고 바닥에서 퍼덕거리는 고기를 잡는 방법.

그것을 '막고 품기'라 한다. 아무런 꾀도 쓰지 않고 무조건 막고 품어 잡는 이 방법은 가장 힘이 들기는 하지만 개울 안에 들어 있는 고기라는 목표를 놓치지 않고 가장 확실하게 잡는 비책이다.

운동선수들을 조련하는 유능한 감독들은 모두 이 방법을 곁들여 쓴다. 무조건 땀 뻘뻘 흘리면서 연습을 하고 또 하면 유능한 선수가 된다. 모든 예능인들, 마라톤 선수들은 다 이 방법을 쓴다.

글쓰기도 그러하다. 많이 읽고 많이 생각하고 무조건 많이 쓰면 작가가 될 수 있다. 고기가 보이기만 하면 막고 품어라.

〈막고 품어야 하는 까닭〉

내가 젊었을 적에 소설 한 편을 쓰고 나면 그것을 최소한 다섯 번쯤은 고치곤 했다. 1968년에 소설 〈목선〉으로 당선 되어 소설가로 활동하기 시작한 지 40년이 지난 지금 나는 소설 한 편을 쓰면 열 번쯤 고치곤 한다.

나는 요즘 늙어진 나의 감수성을 의심하곤 한다. 이 문장이 제대로 쓰였는지, 이 낱말은 제대로 선택되었는지, 이 소설의 서두는 독자들의 마음을 끌어들일 수 있는지, 이 소설의 결말은 독자를 감동시킬 수 있는지 성난 얼굴로 살피면서 거듭 고치곤 한다.

청탁 받은 권두언이나 에세이나 칼럼의 경우에도 고치고 또 고친다.

그렇게 고치는 일은 자기 운명을 교정해가는 일과 다르지 않다. 거듭 고치는 일은 막고 품는 고기잡이와 다르지 않다.

055 　자연의 섭리를 따라라

　자연의 섭리에 순응하는 모습은 아름답고 향기롭다. 그것은 껄끄럽지 않고 부드럽고 윤기 나는 삶이다. 모든 진리는 자연의 섭리와 천리에 따라 살아가는 데에 들어 있다.

〈예문〉

　나는 늘 시끄러움 속에서 산다. 내 피 속에 시끄러움이 들어 있다. 탐욕이 시끄러움이다. 나를 잘 양생하기 위해서는 시끄러움을 고요 속에 녹여 없애야 한다. 서울살이하던 나를 장흥 바닷가로 이끌고 내려온 것도 그 때문이다.

정원에 내리는 찬란한 태양빛을 보면서 차를 마신다. 진한 연두색의 신록들이 햇살을 되쏜다. 그들의 얼굴 표면에는 기름을 칠해놓은 듯 번들거린다.

간밤에는 비가 시끄럽게 내렸다. 번개가 번쩍거리고, 뇌성벽력이 울어대고 지진이 일어난 듯 지축과 집이 흔들거렸다. 한데 이튿날 아침은 거짓말처럼 화창하다. 하늘은 맑고 대기는 투명하다. 금강초롱꽃 철쭉꽃 수련꽃들은 함빡 웃고 뒷산에서는 뻐꾹새와 장끼가 운다.

뇌성벽력을 이기는 것은 햇빛이다.

5월 하순 수요일 강의하러 간 나는 점심을 먹고 나서, 교정의 장미꽃밭으로 꽃구경을 갔다. 찬란하면서도 따가운 햇볕이 쏟아졌다. 모자를 썼음에도 불구하고 머리와 얼굴 살갗이 화끈거렸다. 정원 한가운데에 꽃그늘이 있어 그 안으로 들어갔다. 철망으로 무지개 모양의 터널을 만들고 그 위에 덩굴장미를 올려놓은 곳이었다. 음음한 그늘이 서려 있는 덩굴장미 터널을 선선한 바람이 관통했다. 나는 그 꽃그늘 속에서 시원한 바람과 꽃향기를 즐겼다.

햇빛을 이길 수 있는 것은 꽃그늘이다.

간밤, 뇌성과 벽력 소리 빗소리를 들은 뒤부터 깊은 잠을 자지 못하고 엎치락뒤치락했었다. '비 몸살'과 '달 몸살'을 동시에 앓았다.

비 몸살이란 것은, 비로 인해 기압이 낮으면 몸이 천근이라도 된 듯 가라앉고 처지고 나른해지면서 깊은 잠이 오지 않는 현상이다. 달 몸살이란 것은, 달의 인력으로 인해 우리 몸에 썰물이 지는 우울함이다. 그 우울함은 세상이 허무하게 느껴지게 하기도 하고, 깊은 잠을 이루지 못하게 하기도 한다.

잠들지 못하면 온갖 잡생각들이 몰려든다. 쓰고 있는 작품에 대한 생각, 자식들의 잘 풀리지 않는 살림살이와 그들이 하고 있는 일에 대한 생각, 그것을 아비인 내가 풀어주어야 하지 않을까 하는 생각.

비 몸살과 달 몸살에다 마음속의 잡생각까지 더해지면 잠은 더욱 멀리 달아난다. 잠들지 못하고 엎치락뒤치락하면 밤이 한없이 길게 느껴진다. 모든 불면의 밤은 고문당하는 시간처럼 아프고 지루하고, 사람을 그야말로 환장하게 한다.

요의를 느끼고 일어나 화장실엘 간다. 괘종시계 바늘은 밤 한 시 반을 가리키고 있다.

자리끼 한 모금을 마시고 자리에 들어가 새롭게 잠을 청했다. 번뇌로 얼룩진 기나긴 밤을 이길 수 있는 것은 깊은 잠이다. 잠을 자기 위해서는 모든 잡생각으로부터 벗어나야 한다. 이런 저런 안타까운 잡생각들은 탐욕에 대한 집착이다.

광주 원각사 스님 방에 갔더니 바람벽에 '放下着(방하착)' 이라는 작은 현판이 걸려 있었다. 보듬고 있는 집착을 내려놓으라는 것이다.

깨달은 자가 길을 가는데, 한 남자가 땅에 누운 채 거대한 황금빛 바윗덩이 하나를 두 손으로 끌어안고 안간힘을 쓰면서 땀을 뻘뻘 흘리고 있었다. "당신은 왜 그렇게 하고 있소?" 하고 물으니, "이것을 놓치면 제 존재 의미가 없어집니다" 하고 대답했다. 깨달은 자가 "일어나 걸으려면 그것을 내려놓으십시오" 하고 충고를 했음에도 불구하고 그것을 받아들이지 않고 내내 내려놓지 않고 버둥거리던 그 남자는 그 바윗덩이에 깔려 죽고 말았다.

그렇다. 나도 훨훨 자유로워지려면 보듬고 있는 모든 잡생각들을 내려놓아야 한다. 버리고 또 버려야 한다. 자식들의 삶은 자식들의 삶이고 내 삶은 내 삶이다. 그들의 삶으로 인해 맺힌 고는 그들 스스로가 풀어야 한다.

눈을 감은 채 한없이 짙푸르고 깊은 하늘을 머리에 떠올린다. 그리고 그 하늘로 훨훨 날아간다. 하늘은 내가 온 시원이다. 그 시원 속으로 들어가면 새로이 거듭날 수 있다. 그러려면 내 몸과 마음이 새의 깃털처럼 가벼워져야 한다.

'아, 그새 잠이 들었을까!' 하고 눈을 떠보니 창이 희부옇다. 죽음처럼 깊은 잠으로 말미암아 그 길고 길던 밤이 가뭇없이 사라져버린 것이다.

사람은 자기가 죽어가는 순간은 인지하지만 잠이 드는 순간은 인지하지 못한다.

마음이 어지러울 때 나는 차를 마신다. 차를 마시면서는 오직 차의 향기만 생각하고 차의 맛만 즐긴다. 잠을 이용하여 기나긴 밤을 죽여 없애듯이, 차를 통해 나의 집착을 내려놓곤 한다. 집착을 내려놓으면 몸과 마음은 한 줄기 꽃향기 같은 바람이 된다. 몸과 마음이 가벼워지면 물 흐르듯 꽃 피듯 살 수 있다. 무인공산 수류화개(無人空山 水流花開)가 그것이다.

― 〈시끄러움을 고요 속에 녹여 없애기〉 전문

056 | 글의 존재 이유를 분명히 하라

글을 쓰면서는 문득 "나는 지금 왜 이 글을 쓰고 있을까" 하고 생각해보아야 한다. 그것은 독자에게 무엇을 이야기하려 하느냐, 하는 물음에 대한 대답이 된다. 또한 그것은 주제이기도 하고, 자기가 쓴 글의 존재 이유이기도 하다.

그리고 그것은 이 글을 어떤 형식으로 써나갈까 하는 것에 대한 길을 제시하기도 한다.

〈예문〉

아기별 공주는 어구에 '꽃섬' 이라는 입간판이 서있는 섬에 이르렀다.

꽃섬이라는 이름과는 전혀 걸맞지 않게 그 섬은 황막하고 어수선했다. 살갗을 에는 듯한 바람이 눈보라와 함께 내달리고 있었다. 아득히 먼 바다에서 달려온 황소만큼 하거나 코뿔소만큼 한 파도들이 으르렁거리면서 섬 가장자리의 갯바위를 들이받고 있었다.

섬 여기저기에는 바지락의 껍질, 소라의 껍질, 우렁이고동의 껍질, 꼬막 껍질, 은실고동의 껍질들과 갈매기의 바싹 마른 똥으로 가득 차 있었다. 인간들의 세상에서 떠밀려온 비닐봉지나 빈 병들이나 플라스틱 조각들이 지천으로 널려 있었다.

입간판 주변에는 갈색으로 말라진 늙은 명아주풀, 비름풀, 며느리밑씻개덩굴, 육손이덩굴, 노인들의 흰 머리카락 같은 억새꽃들이 얽히고설키어 있었다. 예쁜 꽃은 한 송이도 보이지 않았다.

'꽃섬이라는 이름엔 전혀 어울리지 않는다. 꽃 한 송이도 없는 섬에다가 꽃섬이라는 간판을 걸어놓다니……'

아기별 공주는 속으로 이렇게 투덜거렸다. 꽃섬이라는 입간판만 보고 그 섬에 들어선 것을 후회했다. 다른 섬으로 건너가고 싶었다.

그때 어디서인가, "아기별 공주님!" 하는 모기의 잉잉거림 같은 가느다란 소리 한 오라기가 아스라이 들려왔다.

'누가 나를 부를까.'

아기별 공주는 주위를 둘러보았다. 마른 늙은 풀들은 깊은 잠에 떨어진 채 바람에 흔들리고 있었다. 파도 소리와 바람 소리에 속은 것이 화가 나서 바삐 걸어나갔다. 아기별 공주의 귀에 다시 아까의 그 소리가 들려왔다.

"아기별 공주님."

아기별 공주는 발을 멈추고 주위를 샅샅이 살폈다. 갈매기 똥과 조개들의 시체 사이사이, 마른 명아주풀숲이나 억새풀숲 속, 며느리밑씻개풀숲 속……. 드디어 자기를 부르는 것이 무엇인가를 알아냈다.

그것은 어린 우렁이고동이 벌린 입만큼 한 보랏빛의 갯메꽃 한 송이였다. 그 꽃은 몸을 웅크린 채 떨고 있었다. 그것은 억새풀숲과 말라비틀어진 며느리밑씻개풀숲 사이에 피어 있었다.

'아니, 이 혹독한 추위 속에서 어떻게 꽃을 피웠을까. 다른 풀들은 다 깊은 겨울잠 속에 빠져 있는 이때에…….'

아기별 공주는 추위에 언부풀어 있는 갯메꽃에게로 달려가서 물었다.

"웬일이냐? 너는 겨울잠도 안 자니?"

갯메꽃이 말했다.

"저마저 잠을 자버리면 이 섬을 꽃섬이라고 부를 수 없게 되지 않아요? 제가 이렇게 추위를 무릅쓰고 꽃을 피우고 있는 것이, 곧 이 섬을 황막한 '조개들의 시체섬'이나 '갈매기의 똥섬'이라는 이름으로 불리지 않게 되는 이유인 거예요."

―〈어린별〉 전문

057 | 누가 써도 마찬가지인 글을 쓰지 말라

누가 써도 마찬가지인 글, 그것은 생명이 없는 글, 죽은 글이다. 오직 나만이 쓸 수 있는 글을 써야 한다. 내 체험 속에서 찾아낸 이야기를 써야 한다.

〈예문〉

열 살 소년이었을 때, 이웃집 기성이와 함께 산엘 갔다가 도시락만 한 산돌 하나씩을 주웠습니다. 각각 자기 집 돌담 밑에, 그것을 묻어놓고 날마다 뜨물을 주었습니다. 보리개떡 같은 돌멩이의 위쪽에 주먹이 들어갈 만한 홈이 패어 있고, 파인 자리에 서릿발같이 투명한 움들이 솟아 있었는데 그 움이 자란다는 것이었으므로, 마당 가장자리에서 수정기둥이 솟아 오를 것을 생각하며, 밥 짓는 누님한테서 뜨물을 얻어다가 부어주었습니다.

다음날 아침 돌이 자라는 것을 확인하고 싶어 환장할 것 같았습니다. 파보면 절대로 안 된다 하므로 흙 속으로 손가락 하나를 넣어 만져보았는데, 수정 움들이 자라느라고 꼼틀꼼틀 하는 것 같았습니다.

순간, 세상이 전보다 훨씬 밝고, 새소리도 더 낭랑하고, 냇물도 유쾌하게 소리치고, 나뭇가지들과 꽃들이 덩실덩실 춤을 추었습니다. 골목길을 세비처럼 두 날개를 펴고 날아다니고, 꿀벌처럼 콧노래를 부르면서 송아지 꼴을 베어왔습니다. 그 다음날 골목에서 만난 기성이가 한 손가락의 두 마디를 짚어 보이면서, "내 돌은 이만치나 컸는데, 니 것은 얼마나 컸냐?" 했을 때 가슴이 덜크덩했습니다.

집으로 달려가 흙 속으로 손을 넣어 산돌을 만져보았는데 전혀 자라지 않았으므로 슬픔을 주체할 수 없었습니다. 돌을 키우면서부터는 뱀이나 개구리를 메어치지 않고, 방아깨비를 구워 먹지 않고, 앵두네 못자리판에 돌 던진 일과 호철이네 호박 덩굴을 잘라버린 일을 후회하고 반성하고, 동냥 온 거지의 바랑에 쌀보리를 듬뿍 부어주고 그랬는데 왜 내 돌은 자라지 않을까. 하늘을 쳐다보며 한숨을 쉬고, 밤하늘의 별을 쳐다보며 눈물을 흘렸습니다.

아, 그 돌을 키우다가 실패한 것이 결코 나뿐만이 아니라는 것, 헤아릴 수도 없이 많은 내 또래의 아이들이 다 실패를 했다는 것을 알았을 때, 나는 어른이 되어 있었습니다. 그런데 반백에 주름살 깊은 늙은이가 된 지금도 나는 또 다른 산돌 하나를 토굴 마당에 묻어두고 뜨물을 하루도 빠짐없이 거듭 주고 있습니다. 투명한 차돌기둥들이 솟아올라 무지개 빛깔로 반짝거릴 것을 기대하며. 그 산돌이 무엇인지 알고 있는 것은 사랑하는 나그네 당신 혼자뿐입니다.

―〈산돌 이야기〉 전문

　　　　　　　　　한사코 부지런히 써라

　　머리가 잘 돌아가는 사람은 오만해서 깊고 넓게 고전을 읽으려
하지 않고, 또한 세상사를 세세히 살피려 하지 않고, 깊이 사색하
지 않고 피부만 곱고 윤기 나게 하는 글을 쓴다. 그리고 몇 편 써
보다가 작파하고 만다. 좋은 글을 쓰기 위해서는 한사코 부지런
히 많은 책을 읽고 부지런히 쓰는 수밖에 없다. 우리는 다산 정약
용 선생과 제자 황상이 주고받은 말에서 배워야 한다.

〈예문〉

"선생님, 저에게 세 가지의 병통이 있구만이라우. 첫째는 너무 머리가

안 돌아가는 것이고, 둘째는 앞뒤가 꽉 막혀 있는 것이고, 셋째는 분별력이 모자라 답답한 것입니다요."

정약용은 황상의 결 곱고 순한 마음과 삼가는 태도가 고맙고 기특하고 미뻐서 와락 끌어안아주고 싶었다. 그는 잠시 뜸을 들였다가 말했다.

"대개 모든 배우는 사람들에게는 큰 병통이 세 가지가 있는데 너에게는 그것이 없구나. 대개의 경우 첫째로, 외우는 데 있어서 민첩한 사람은 '소홀'하기 마련인 병통이 있다. 둘째로, 글 짓는 것이 날랜 사람은 글들이 '들떠 가볍게 드날리는 것'이 병통이다. 셋째로, 깨달음이 재빠르면 '정밀하지 않고 찬찬하지 않고 막되고, 거친 것'이 폐단이다.

그렇지만 대체로 보아 자기가 남들보다 약간 둔하다는 것을 알아차리고, 그렇게 둔함에도 불구하고 하려 하는 일에 계속 천착하는 사람은 막힌 부분에 구멍을 넓게 뚫게 되고, 막힌 곳이 뚫리게 되면 그 흐름이 성대해지는 것이다. 또, 스스로를 답답하다고 생각하는 사람은 그 답답함을 이겨내기 위하여 꾸준하게 연마하고 또 연마하기 때문에, 그것이 반짝반짝 빛나게 된다. 천착은 어떻게 해야 하는 것인가. 좌우간에 부지런히 해야 한다. 한번 뚫은 것은 또 어찌해야 하는가. 좌우간에 또 부지런히 하는 수밖에 없다. 연마하는 것은 어떻게 해야 하는가. 그것도 마찬가지로 부지런히 해야 한다. 그러면 또 어떤 자세로 부지런히 해야 하는 것이냐. 마음을 확고하게 다잡아서 부지런함이 절대로 풀어지지 않게 해야 한다."

그는 이때껏 자기가 하여온 부지런한 공부의 태도와 성실성을 황상에게 전수해주었다.

—《다산》 중에서

059 | 최소한의 글쓰기 기법을 배워서 써라

우리말 속에는 불교 신앙 생활로 말미암아 만들어진 말들이 아주 많다. 시끄럽고 북적거린다는 뜻의 '야단법석(野壇法席)', 어지럽게 이쪽저쪽으로 구부러졌다는 뜻의 '오불고불(五佛古佛)', 절대자의 품속으로 돌아간다는 뜻의 '귀의(歸依)', 장식하고 꾸민다는 뜻의 '장엄(莊嚴)' 등이 그것들이다.

그럴 수밖에 없는 것이 불교가 이 땅에 들어온 지가 1천6백 년쯤 전 아닌가.

'무뚝뚝하다'는 말도 불교에서 온 말이다. 씨름하는 사람이 힘은 센데 상대를 아무 대책 없이 밀어붙이거나 낑낑거리며 들어올리기만 할 경우 그를 '무득이'라고 한다. 삶의 지혜를 얻지 못한 사람, 깨닫지 못한 사람이 무득이인 것이다. 무뚝하다 혹은 무뚝뚝하다는 말은 '무득이'에서 온 말이다. 소리꾼들의 세계에서는 소리 잘하는 지혜를 터득한 상태를 '득음'이라고 말한다.

글쓰기도 마찬가지이다. 좋은 소재를 무득이처럼 아무 대책 없이 밀어붙이거나 낑낑거리면서 들어올리는 사람들이 있다. 안타까운 일이다.

도자기를 만들려면 도자기 제작에 대한 최소한의 상식을 배운 다음 만들어야 하듯이 글을 쓰려 하는 사람도 최소한의 기법을 배워서 써야 한다. 글을 잘 쓰려면, 글 쓰는 선배에게 자기 수준에 알맞은 글쓰기 지도서를 물어 구해 읽어야 할 일이다.

060 긴박하고 속도감 있고 창조적으로 써라

형상화시키기 위하여 묘사적인 서술을 한답시고 글을 지리멸렬하게 써서는 안 된다. 모든 글은 속도감 있고 긴박하고 재미있지 않으면 안 된다. 창조적이어야 하고 진리가 담겨 있어야 한다.

〈예문〉

도둑질에 달통한 아버지와 아들이 한 부잣집으로 도둑질을 하러 갔다. 창고 문을 열고 안으로 들어갔다. 거기에는 진기한 보물들이 가득 쌓여 있었다. 아들이 그것에 정신이 팔려 있는 동안 아버지는 문 밖으로 나와서 창고 문을 닫고 자물쇠를 채우고 집으로 돌아가버렸다.

아들은 기가 막혔다. 아버지가 나를 붙잡혀 죽게 하려는 것이다. 이럴 수가 있는가. 그러나 기막혀하고 분해하고만 있을 수 없었다. 아들은 살아 나갈 궁리를 했다.

"찍찍" 하고 쥐의 소리를 내기도 하고, 문짝을 긁기도 했다. 그 소리를 들은 주인이 호롱불을 들고 창고 문을 열었다. 순간 아들은 호롱불을 손으로 쳐버리고 달아났다. 그러다가 캄캄한 마당 한가운데에서 빨랫돌에 걸려 넘어졌다. 바로 그 옆에는 깊은 우물이 있었다. 그는 순간적인 기지를 발휘했다. 그 빨랫돌을 들어 우물에 던졌고 풍덩 소리가 났다.

"도둑이 우물에 빠졌다!"

주인이 소리쳤고 집안 사람들이 모두 불을 밝히고 우물에 빠진 도둑을 잡기 위하여 몰려갔다. 그 틈을 이용하여 담을 넘어 집으로 돌아간 아들은 아버지에게 울분을 쏟아냈다.

아버지는 웃으면서 말했다.

"너는 이 아비보다 훨씬 훌륭한 창조적인 도둑이 되었다!"

—강희맹, 〈도둑의 교훈〉 중에서

061 동물적인 본능으로 글감을 확보하라

늘 믿음직스러운 후배 시인을 만났을 때 나는 무력증과 우울한 심사에 시달리고 있었다. 시인은 예민한 감수성으로 금방 나의 무력증과 우울을 감지하고 물었다.

"어디 안 좋은 데 있으십니까?"

내가 말했다.

"달 몸살을 하는가보다."

그가 반문했다.

"달 몸살이라니요?"

반문하는 그의 눈이 반짝거렸다.

"지금 바다에는 바야흐로 썰물로 인해 회색 갯벌밭이 드러나 있을 거다. 조수의 들고 남은 달의 인력으로 말미암는다. 사람의 몸에 물이 90퍼센트 이상 들어 있지 않으냐? 달의 인력이 작용하니까 썰물 때면 나는 몸이 이렇게 가라앉는다. 반대로 밀물 때는 활력이 넘치게 되고……."

시인의 입에서 "아!" 하는 탄성이 새어나왔다.

이후 얼마쯤 뒤에 그 시인이 "선생님, 저 〈달 몸살〉이라는 시 한 편 썼습니다" 하면서 한 잡지의 지면을 펼쳐주었다. 번쩍 빛나던 그의 눈빛과 그의 입에서 새어나오던 탄성을 떠올리며 시를 들여다보았다.

"제 몸의 중심에 벌레들을 기르는 귀목나무 아래서
아프다는 것이 축복임을 안다……."

절창이었다. 그렇다. 글 쓰는 자는 글감을 보면 동물적인 본능으로 단박에 낚아채 소유할 줄 알아야 한다.

〈예문〉

지난 초여름에 아내는 돋보기안경을 낀 채 쌀 색깔의 굵은 실로 몇 날 며칠 뜨개질을 했다. 두 아들의 자동차 운전석 의자에 덮을 가슬가슬하고 시원한 그물 씌우개와 방석을 짜겠다는 것이었다.

아내의 머리는 유다르게 크다. 딸이 제 어머니에게 모자 하나를 선물하려고 서울 시내 여기저기의 모자 점포를 다 뒤졌지만, 제 어머니의 머리에 맞는 모자를 결국 구하지 못했을 정도로.

"제발 말아요! 머리가, 미욱한 사람이 주물러 만든 메주 덩어리보다 더 큰 양반이 고개 깊이 수그리고……. 당신 목 디스크 걸리면 어쩌려고 그래요!"

내가 한사코 말렸지만, 아내는 아랑곳하지 않고 밤을 새워가면서 부지런히 짰다. 나 모르게, 운전석 의자의 크기를 알아보기 위하여 아침 일찍이 이웃집의 승용차를 탐색해가면서.

며칠 뒤 막내아들이 오자 그의 차 운전석 의자에 그것을 덮어주었다. 그날 내내 아내는 "오달져" 하며 환하게 웃었다.

그리고 이어서 또 한 벌을 며칠 동안 짜더니 큰아들네로 우송해주었다.

"어머니가 짜준 방석을 깔고 앉으면 편안하고 사고도 절대로 안 나고 좋겠지요."

그녀의 자식 사랑에 나는 늘 놀란다.

자식들이 시골에 왔다가 돌아갈 때 아내는 나에게 눈을 깜박거린다. 자기 차를 타고 오지 않은 딸의 경우에는 택시비와 기차삯을 주라는 것이고, 차를 몰고 온 아들들의 경우에는 기름 값을 좀 넉넉하게 주라는 것이다.

물론 나는 아내가 바라는 대로 하지 않을 수 없다.

아들딸들은 아비가 주는 돈을 순순히 받으려 하지 않고 되돌려주는데 어미는 한사코 그것을 그들의 호주머니에 넣어준다.

주려 하거니 받지 않으려 하거니 하는 실랑이가 있고 나서, "안녕히 계셔요", "조심해서 잘 가거라" 하는 이별이 이루어진 다음 30분쯤 뒤에 전화기가 울리는데, 받아보면 그것은 떠나가는 아들딸에게서 걸려온 전화이게 마련이다. 그들은 "엄마, 화장대 맨 아래 서랍에 뭐 넣어놨으니까 열어보셔요" 하고 말하기도 하고, "어머니, 찬장 맨 윗칸에 뭐 넣어놨으니까 열어보셔요" 하기도 한다.

아내는 버럭 역정을 내고 나서 그들이 열어보라는 곳을 열어본다. 거기에는 그들이 받아가지고 간 것의 두세 배쯤의 돈이 들어 있곤 한다.

"왜 이래! 저희들 살기도 힘들면서!"

아들딸들의 용돈은 늘 그렇게 뜨거운 사랑으로서 어머니의 품속으로 흘러간다. 나는 물론 그것을 질투하지 않는다. 그것은 당연한 것이므로.

아내는 그들에게서 받은 용돈의 가치 이상의 것을 또 부지런히 되돌려 보낸다. 고춧가루를 만들어 보내고, 참기름을 짜서 보내고, 새우를 사서 냉동해놓았다가 보낸다.

늦가을이면 동네에서 양질의 쌀을 팔아 보내고, 김치를 담가 보내고, 이듬해 봄에는 감자를 사 보내고, 바다에서 바지락을 파서 보내고, 목포에서 나온 갈치를 냉동했다가 보낸다. 나는 눈물겹다. 그들의 향기로운 거래가.

— 〈차비 주기와 용돈 주기〉 전문

062 　시체를 본 까마귀처럼 덤벼들어라

글을 잘 쓰려면 글거리의 냄새를 잘 맡아 찾아내야 하고 그것을 잔인하게 속속들이 관찰해야 한다. 시신을 본 까마귀처럼.

그 글감을 혼자서만 아는 창고에 감추어야 한다. 표범이 사냥한 것을 나무 위에 숨기듯이.

혹시 글 쓰는 친구에게 그 글감에 대하여 절대로 이야기하지 말라. 그러면 도둑맞게 마련이다.

〈예문〉

오래전의 어느 초여름 날 한 의사의 초대를 받고 전주에 간 적이 있었다. 그 의사가 점심을 먹고 난 다음 걸려온 전화를 받고 나서 말했다. 자기 친구의 아내가 농약을 먹고 병원으로 실려 갔다니까 좀 다녀와야겠다고, 미안하지만 다방에서 잠시 기다리고 있어달라고.

나는 함께 가겠다고 따라나섰다. 의사는 병원으로 가면서 자기의 친구를 비난했다.

"친구 부인이 미스코리아 전주 진이었어요. 그 예쁜 아내 두고 자꾸 바람을 피워요. 그러니까 견디지를 못하고 저런 거예요. 그 부인이 어떻게 세월을 보내는지 아십니까? 지난 봄에는 아카시아꽃을 몇 바구니 따다가 병에다가 넣어두었답니다. 향수를 만들겠다고. 그런데 여름에 열어보니까 팍 썩어 있는 거예요."

그 순간 나는 아, 이것이다, 하고 속으로 부르짖었다.

응급실에 도착했을 때 그 미녀는 침대 위에 늘어져 있었다. 의사들은 위세척을 했다. 호스로 물을 주입한 다음 토하게 하고, 다시 주입하고 토하게 했다. 그 다음 인공호흡을 시켰다. 가슴을 짓누르기도 하고 어깨를 들어 젖히기도 하였다. 그래도 숨이 터나지 않자 한 젊은 의사가 여자의 코를 잡더니, 자기의 입을 그 여자의 입에 맞추고 바람을 주입했다.

나는 환희심과 흥분을 감추지 못한 채 집으로 돌아왔고, 그 이야기를 중심으로 해서 연작 소설 《포구(浦口)》를 썼다.

―〈소재 구하기〉 중에서

063 글쓰기의 최고 비법

진돗개의 순수 혈통을 지키기 위해 자기들 형제자매끼리 교배를 시키면 짖을 줄도 모르는 천치들이 많이 나온다.

결혼일수록 먼 곳에서 난 사람과 해야 한다고 선인들이 말했다. 근친상간으로 인해 낳은 자식들은 바보 천치가 많다. 부계사회에서 그 집안의 체질을 바꾸어놓는 것은 새로 먼 데서 들어온 며느리이다. 모계사회에서는 반대로 새사위가 그 몫을 하게 된다.

한국에서 혼혈아로 태어나 미국으로 가서 대성공을 거둔 한 청년의 이야기를 우리는 알고 있다.

이 세상에서 가장 강한 것은 혼혈종이다. 새로운 품종들을 만들어내는 동식물의 교배사들은 강한 혼혈종 만들기에 부심한다.

글쓰기에서도 그 원리는 적용된다. 자기가 경험한 이야기 한 가닥을 가지고 글을 쓴다면 그것은 단순하고 왜소하고 무력한 소품이 되게 마련이다. 거기에 무엇인가가 더 보태져야 힘 있는 글이 된다.

모든 학교의 강단과 신문과 잡지와 단행본과 도서관에는 수없이 많은 교배된 사상들이 수런대고 있다. 우리는 그것을 내 영혼 속에 끌어들여 새로이 교배시킴으로써 이 세상에 없는 새로운 품종의 꽃(글)을 피워내야 한다.

〈예문〉

내 눈빛으로 꽃과 별을 만들며 살아간다.

시 쓰는 마음으로 산다. 시인의 마음은 세상의 굽이굽이에서 어린 아이처럼 발견하면서 놀라워한다. 내 눈이 하늘의 별을 만들고 산야의 꽃송이들과 파도를 만든다. 내 가슴이 사랑을 만들고 쪽빛 하늘을 만들고 거기에 뜬 태양을 만든다. 세상을 병풍 한 자락 한 자락처럼 만들어가는 기쁨을 누리며 살아간다.

바람이 분다. 청치마 자락 같은 싱싱한 바람은 처마 끝의 장종지기만 한 까만 풍경을 희롱한다. 그들의 뜨거운 사랑 행위를 보면서 가슴이 뜨거워져 진저리친다. 얼굴이 붉어진다.

바람이 오지 않으면 풍경은 침묵하면서 쓸쓸해한다. 눈을 감은 채 적요를 만들어낸다. 밤이나 낮이나, 바다와 들판과 호수와 감나무의 푸른 잎사귀들을 스쳐올 바람을 내내 기다렸다가 수다스럽고 호들갑스럽게 맞이한다. 그녀는 요분질 치듯이 몸을 좌우로 앞뒤로 흔들어대면서 교태어린 소리를 질러댄다. 하늘의 편경(編磬) 소리처럼 그윽한 호들갑. 혼자서 숨어서 하는 짝사랑일지라도, 사랑이 없으면 세상은 얼마나 삭막할 것인가.

살아가는 일은 인연을 짓는 일이다. 세상과 인연을 끊고 산사 깊숙하게 들어가는 스님들은 그 산속에서 얼마나 많은 인연을 짓고 있는가. 부처님과 인연하고, 범종과 인연하고, 스승과 도반과 인연하고, 발우와 장삼과 달과 별과 향불과 목탁과 혼자서 피는 산꽃들과 풀벌레와 인연한다.

내 눈빛으로 하늘의 별을 만들듯이 인연을 짓는다. 인연은 화분에 꽃나무를 심어 가꾸는 일하고 같다. 날이면 날마다 물을 준다. 벌레를 잡아주고 거름을 주고 사랑 어린 눈길로 그놈을 바라보며 속으로 말한다. 향기롭구나. 사랑한다. 그러다가 깜박 잊고 며칠 동안 물을 주지 않거나 벌레를 잡아주지 않으면 시들어지고 말라지고 썩어 흙이 된다. 인연이 멀어져가면 그것의 슬픈 그림자만 남는다.

세상 사람들 모두가 그 꽃나무 화분보다 더 크고 향기로운 꽃나무를 보듬고 살지라도, 나 혼자서만 예쁘고 향기로운 꽃나무 화분을 품고 사는 듯 황홀해한다. 그녀의 꽃잎과 황금색 암술에 코를 대고 킁킁 향기를 맡으면서 사랑한다, 고맙다, 하며 그녀를 위하여 시를 읊는다.

밤에 차를 마신다. 혼자서 창밖 어둠을 내다보면서 차를 마신다. 내 연꽃 바다에 수억 천만 개의 등불이 켜진다.

그 향기로운 차를 세상의 모든 사람들이 다 마시고 찬탄할지라도, 그 차를 혼자서만 마시고 사는 듯 황홀해한다. 세상 사람들이 다 음음한 어둠에 잠긴 채 저 높은 곳에 계시는 그분과 말씀 나누고 명상할지라도, 나 혼자서만 그러한 영광을 누리는 듯 즐거워한다.

태어나자 그림자가 우리를 기다리고 있듯 우리와 인연할 세상만사가 기다리고 있다. 그 인연은 전생으로부터 맺은 것이다. 호수의 수면에 내려와서 반짝거리며 노는 햇살과 풀잎과 내 머리를 쓰다듬는 햇살과 내 살갗의 솜털을 쓸어주고 지나가는 바람과 연애하는 마음으로 산다. 내 92세의 총총하신 노모처럼 오래 살고 싶은 나의 양생법이 그것이다.

- 〈내 눈빛으로 꽃과 별을 만들며 살아간다〉 중에서

064 | 말의 절망에서 벗어나라

강도 푸르고
산도 푸르고
하늘도 푸르고
길섶의 풀잎도 푸르다.

위의 문장은 매우 잘 쓴 것 같지만 사실은 그렇지가 않다. 뜻이
애매모호하다. 이 문장을 쓴 사람과 읽는 사람 사이에는 드높은
성벽이 가로막혀 있다. 절망이다. 그것은 강을 건너겠다고 아무
런 준비도 없이 물로 뛰어들어 헤엄쳐 가다가 익사하는 것과 무
엇이 다를 것인가. 무사히 강을 건너기 위해서는 뗏목이나 배를
지어 타고 건너가거나 다리를 놓은 다음 건너가야 한다.

'푸르다'란 말을 생각 없이 너무 함부로 써버렸다. '푸르다'는 말이 그 느낌이나 뜻을 제대로 전해주지 못하고 있다. 이럴 때 글쓴이가 자신의 뜻을 보다 분명하게 전달하기 위해 동원하는 것이 바로 비유이다. 비유는 뗏목이나 배나 다리와 같다.

강, 산, 하늘, 풀잎이 똑같이 푸르를 수는 없다. 그런데도 위의 문장을 쓴 사람은 '푸르다'라는 낱말 하나로 일관하고 있으니 아주 무책임하다고 할 수 있다. '푸르다'라는 낱말이 표현해낼 수 있는 능력에는 한계가 있다. 비유는 그 한계를 극복하기 위해 사용하는 표현 수단이자 장치이다.

〈예문〉

넓바우 연안에서 앞메 잔등 위로 펼쳐진 하늘에 민들레 꽃가루 같은 별들이 달려 있었다. 가득 밀려 오른 바닷물은 살아 움직이는 거대한 원시 양서류처럼 넘실거리면서, 잠든 사람의 숨결처럼 불규칙적으로 게으르게 모래톱을 핥고 있었다. 그 물결에서 별들이 덩어리지기도 하고 더욱 잘게 깨어지기도 하였다.

—《아리랑 별곡》중에서

4부
글쓰기 실전

말할 줄 모르는 생물이나 무생물에게서 말을 듣는다는 것은 말 저 너머의 말(진리)을 알아듣는다는 것이다. 그것은 삶 속에서 나의 참모습을 발견한 것과 마찬가지다. 말할 줄 모르는 생물이나 무생물의 말을 들었다면 틀림없이 아주 좋은 글을 쓰게 될 것이다.

065 | 신화나 전설에서 글감을 찾아라

괴테의 〈파우스트〉, 입센의 〈페르귄트〉, 황석영의 〈바리데기〉 들은 모두 그 작가가 살고 있는 나라에 전해오는 신화나 전설 속의 인물을 형상화시킨 것이다.

나는 내 할아버지께서 해주신 옛날이야기를 소설화시키곤 했다.

〈예문〉

"한 정승한테 무남독녀 외딸이 있었는데 산적이 납치를 해갔구나. 정승은 포졸들을 풀어 산적을 치고 딸을 구하려고 했는데, 산적이 강해서 포졸들이 사로잡혀버렸구나. 하는 수 없이 '내 딸을 구해온 자는 사위를 삼고 내 재산을 반분하겠다'고 광고를 했지. 며칠 뒤 딸이 대문간에 나타났는데, 그 뒤에 송아지만 한 개가 딸의 치맛자락을 물고 따라왔어. 정승은 종들에게 명하여 개를 극진하게 대접하게 했지. 한데 개가 정승의 방문 앞에서 버티고 서서 꼬리를 흔들어대는구나. 정승이 알아차리고 개와 딸을 한 방에 들게 했더란다. 얼마 뒤 딸한테 태기가 있고, 열 달 뒤에 아들 하나를 낳는데, 그 아들 생김새가 다리는 껑충하고 코는 매부리코이고, 눈과 머리칼은 놀놀하고……. 그것이 바로 미국 사람들 시조였더란다."

＊나는 이 이야기를 바탕 삼아 소설 《폐촌》을 썼다. 소설 속에 세퍼드가 등장하는데, 그 개는 이데올로기 갈등 속에서 사는 두 사랑하는 남녀의 사랑을 방해하는 존재이다.

066 | 신화나 전설의 진실을 파헤쳐라

신화나 전설을 정신분석학적으로 구조적으로 해석하면 재미있는 결과를 가져올 수 있다.

〈예문〉

세상이 개벽한 지 얼마 되지 않았을 때 한 섬에 딸 하나를 낳은 부부가 살고 있었다. 어느 날 조개를 잡으러 간 아내를 물귀신이 데려가버렸다. 아버지와 딸만 남았다. 딸이 오롯한 여자로 성숙하였다. 그때부터 아버지는 밭에 가서 괭이와 삽으로 땅을 파 일구었다. 딸은 밭 가장자리에 있는 우물에서 머리를 감고 빗으로 머리를 빗곤 했다.

어느 날 폭풍우 몰아치는 날 밤이었다. 아버지의 몸에도 폭풍우가 몰아치고 있었다. 그는 미쳐가고 있었고 짐승이 되어가고 있었다. 더 견딜 수 없게 된 아버지는 딸의 방문을 열고 들어갔다. 그때 번개가 치고 뇌성이 울었고 비바람이 몰아쳤다. 번개불빛에 딸의 벌거벗은 알몸이 드러났다. 아버지가 들어오는 것을 안 딸은 홑이불을 뒤집어썼다. 그녀는 몸을 떨었다. 오래전부터 아버지가 고통스러워하는 마음을 알고 있었다. 아버지를 받아들이는 것도 불효이고 거부하는 것도 불효였다. 받아들이는 것도 효도이고 거부하는 것도 효도였다. 아버지가 그녀를 끌어안았을 때 그녀는 애원하듯이 밀했다.

"사람의 가죽을 쓰고서는 이럴 수 없습니다. 제가 뒷산 꼭대기에 올라가 있을 테니 소의 탈을 만들어 쓰고 음무음무 하면서 기어서 올라오십시오. 그러면 거기에서 소가 된 마음으로 소가 된 아버지를 받아들이겠습니다."

딸이 앞장서서 산꼭대기로 올라갔고 소의 탈을 만들어 쓴 아버지가 새벽녘에 비바람을 맞으며 음무음무 하면서 칙칙한 숲속을 땀 뻘뻘 흘리며 기어 올라갔다. 숨을 헐떡거리며 정상에 이르렀을 때 딸은 치마를 머리에 쓰고 절벽 아래로 떨어져버렸다.

―《미망하는 새》중에서

위의 전설 속에 들어 있는 사실을 찾아내보자. 위의 전설은 오이디푸스 콤플렉스와 함께 나에게 많은 것을 가르쳐주었다.

딸과 아버지의 리비도(성욕)는 전설로 말미암아 포장되어 있다.

신화나 전설은 사람의 입에서 입으로 전해지는 과정에서, 여러 시대의 현실 윤리를 관통하면서 몽둥이를 맞지 않기 위하여 당위성으로써 포장되게 마련이다. 그 포장된 당위성을 정신분석학을 이용해서 벗겨낸다면 다음과 같은 사실을 발견할 수 있다.

아버지가 밭을 일굴 때 쓰는 '괭이'는 남근이다. '밭'과 그 가장자리에 있는 '우물'은 여성의 성기이고, 딸이 머리를 빗는 '빗'은 남성을 유혹하는 행위이다.

(옛날 남성들이 선보러 가서 여자를 만나더라도 선택해서는 안 되는 금기가 있는데, 하필 마루에 앉아 머리를 빗고 있는 것을 본 경우, 우물에서 물을 긷고 있거나 빨래하고 있는 것을 본 경우이다. 그것은 남성을 유혹하는 행위이므로 보는 사람의 판단을 흐려지게 할 수도 있음을 경계하는 것이다.)

따지고 보면 비바람 부는 밤에 아버지가 딸의 방으로 들어갔을 때, 그들의 성행위는 이미 벌어진 것이다. 딸의 리비도는 오래전부터 아버지를 수용하려 하고 있었고, 때문에 번개가 쳤을 때 딸은 발가벗고 있었다.

"사람의 가죽을 쓰고서는 이럴 수 없습니다"라는 딸의 말은, 통용되는 현행의 윤리가 그녀를 구제하느라고 만들어낸 것이다. 딸이 앞장서서 산정으로 올라가고 아버지가 황소의 탈을 쓰고 비바람에 두들겨 맞고 있는 '골짜기의 칙칙한 숲'을 헤치면서 "음무음무" 하고 땀을 뻘뻘 흘리며 포복하듯이 기어 올라가는 것은 성행위 그 자체이다.

성행위를 하는 것은 짐승이 되는 일이다. 비바람으로 말미암아 젖어 있는 계곡의 숲은 여근이다. 산의 정상으로 올라간 것은 성행위의 절정(오르가즘)에 도달함을 말한다.

아버지가 산정에 이르렀을 때 딸로 하여금 절벽 아래로 떨어지게 한 것은 현행 윤리이다. 윤리가 그녀를 구제해주지 않았다면 이 이야기를 어찌 사람의 탈을 쓴 자로서 함부로 입에 담을 수 있기나 하겠는가. 윤리 속에 사는 우리들은 윤리에 어그러진 사건을 입에 담기 부끄러워한다.

한편, 딸이 질벽 아래로 떨어진 것을 성행위에서 '오르가즘에 이르는 순간의 죽음 같은 쾌락'을 의미할 수도 있다. 인간은 성행위를 하는 순간에 아찔한 죽음을 경험한다.

이 전설은 우리들이 인간의 원초적인 행위 가운데서, 어떤 장치를 이용하여 어떤 '사실'을 감추는 것인가를 가르쳐준다. 소설에서 성을 어떻게 묘사하고 진술해야 성스럽고 아름답고 신비하고 슬퍼지는 것인가를 가르쳐주는 것이다.

소설가는 이야기꾼이다. 이야기꾼은 아무것이나 함부로 이야기해도 되는 것이 아니다. 이야기하는 자가 그 이야기를 함으로써 스스로의 낯이 부끄러워지는 이야기가 분명 있다. 그것을 낯 부끄러워하지 않고 하는 작가라면 그는 성도착적인 사람일 수도 있다.

067 역사적 사실에서 글감을 구하라

원효는 신라 승려였다. 그런데 광주 무등산에 왜 원효사가 있을까. 그에 관한 이야기를 쓰면서 나는 원효의 삶과 통일신라 때의 역사를 인용했다.

〈예문〉

"무등산을 볼 때, 그 중턱 어디인가를 바라보지 않고, 고개를 치켜들고 반드시 산꼭대기를 본다. 산정에 구름이 얹히어 있을 때도 있고 눈이 하얗게 덮여 있을 때도 있고, 반물색(쪽빛)의 하늘에 묻혀 있을 때도 있다. 그 산꼭대기는 억겁의 세월 동안 하늘의 끝자락하고 입맞춤하고 살아온 알 수 없는 어떤 세계이다. 지상에서 가장 관광(寬廣)하고 장대한 그 산의 머리와 푸짐하고 넉넉한 쪽색 하늘 치마폭과의 만남이다. 하늘 신과 만남(接神)의 자리, 신화가 생성되는 시간과 공간이다."

무등산은 예나 이제나 하늘과 땅의 도리에 어긋난 행위에 대하여 거부와 저항의 의지를 가지고 있는 산이다. 그 무등산 중턱에 왜 원효사가 세워졌을까.

소설 《원효》를 쓰며 우리 역사의 행간 굽이굽이에서 원효사가 무등산에 세워진 이유를 이렇게 읽었다. 그것은, 전라북도 부안군 개암사 뒤 울금바위에 있는 거대한 굴을 '원효방'이라고 명명한 이유와 같다.

사람들은 원효사의 창건 연대를 막연하게 신라 문무왕 때라고 추정한다. 그 절을 세운 사람도 물론 원효라고 말한다.

한데 원효가 왜 하필 여기에 와서 절을 세웠는가 하는 까닭에 대해서는 확실하게 모른다. 그냥 한국 불교의 큰 성인인 그가 둘러본바 절이 설 만한 자리이므로 대중교화를 위하여 창건하고 불자들로 하여금 수도를 하게 했을 거라고 생각하는 정도이다.

한국 땅 여기저기에 있는 많은 사암의 내력에는 '원효' '의상' '도선' 등의 큰스님 이름이 붙어 있다. 그것은 그들이 실제로 창건했을 수도 있지만, 그냥 그들이 그랬다고 말함으로써 그 절을 더욱 성스럽게 하려는 이유에서 그럴 수도 있다.

그런데 무등산 자락에 자리 잡고 있는 원효사의 이유는 남다르다.

신라 문무왕 시절은 백제와 고구려가 멸망된 지 오래지 않은 때로 통일신라가 막 시작되는 시기이다. 때문에 백제와 고구려의 저항 세력이 여기저기에 웅거하고 있었다.

백제를 복원하고자 하는 저항 세력이 운집한 대표적인 곳이 광주의 무등산 중턱이고, 부안의 개암사 뒤편의 울금바위굴이었다.

유추해보면 무등산에 웅거하는 저항 세력의 핵심에는 승려들이 대부분이었다. 예나 이제나 민중들을 이끌어가는 지성인들 속에는 종교인들이 많았다.

당시 무진주에는 무진 도독이 군주처럼 백제 유민들을 다스리고 있었다. 무진 도독은 통일전쟁을 치르는 동안 많은 공을 세운 무인이므로 무력으로 다스리려 했고, 그 무력적인 방법은 더 큰 반발을 불러와 무등산의 저항 세력은 갈수록 거대해졌던 것이다. 신라 정부의 입장에서 볼 때 군대를 동원하여 그들을 토벌하는 전쟁을 치르지 않으면 안 되었다.

그때 문무왕은 원효를 보내서 회유를 한 것이었다. 문무왕이 원효라는 카드를 사용하려 한 데에는 그럴 만한 이유가 있었다.

원효는 삼국전쟁을 돕지 않았다. 그는 한반도 안에서 가장 왜소한 신라가 당나라의 원병을 끌어들여 백제 고구려를 무너뜨리려 할 때 목숨을 걸고 반대한 인물이다. 그는 불국토로서의 통합이 이루어져야 한다고 부르짖은 세계주의자이고 평화주의자였다. 그의 반대 운동은 오늘날의 데모였다. 시장에서 그의 지지자들과 더불어 '신라 하늘이 무너지고 있다!' 하고 외친 것이다.

무열왕 김춘추는 반전 운동의 중추 역할을 하는 원효를 가만두고는 전쟁을 치를 수 없어, 강제로 요석공주 궁 속에 연금을 시킴으로써 파계하게 하고 사위를 삼아버렸다. 대외적으로는 성스러운 통일전쟁으로 과부가 되어 있는 공주나 탐하는 파렴치한 스님이라고 선전을 했다.

원효는 통일전쟁이 끝난 다음에야 연금에서 풀려날 수 있었지만 그의 반전 운동은 백제와 고구려 옛 땅의 지식인들 사이에 잘 알려져 있었다.

때문에 문무왕은 무등산의 저항 세력을 무력으로 제압하려 하지 않고 원효에게 그들을 회유해달라고 청했고, 평화주의자인 원효는 동족 간의 피 흘림을 막기 위하여, 죽음을 무릅쓰고 무등산에 와서 저항 세력들을 회유했다. 원효사는 바로 그 결과물인 것이다.

— 〈무등산에 왜 원효사가 있을까〉 중에서

068 속담에서 글감을 구하라

한 민족에게 전해 내려오는 속담 속에는 보석 같은 삶의 지혜와 진리가 담겨 있다. 지혜로운 글쟁이들은 속담을 잘 이용한다.

〈예문〉

"갈치가 갈치 꼬리 서로 뜯어 먹고 산다."

이것은 서로 다정한 사이, 형제 사이에 서로 이익을 위하여 서로를 헐뜯을 때 빈정거리는 말이다. 도회 사람들은 서로가 서로를 이용하고 서로의 것을 훔쳐 먹는 삶을 비정한 삶을 산다.

"개가 미우면 낙지 사다가 먹는다."

일반적으로 생선을 먹으면 뼈를 내뱉기 마련이고, 그 뼈는 개 차지이다. 그러나 낙지는 뼈가 없는 고기이므로 사다가 먹어보아야 개한테 돌아갈 것이 없다. 미운 사람한테 손해를 입히기 위해서 자기가 어느 정도의 손해를 입으면서라도 그 미운 사람한테 돌아갈 것이 없도록 만든다는 뜻이다.

"갯것(바다에서 나는 것을 잡아오는 일) 잘하는 며느리는 쳐도 술 잘 담그는 며느리는 치지 않는다."

술 담그는 일을 경계하는 말이다.

— 〈어촌속담풀이〉 중에서

069 | 동물의 행태에서 진리를 찾아라

출근을 앞둔 주인이 개를 데리고 공원으로 산책을 나갔다. 운동을 시키기 위하여 쇠고랑 줄을 풀어주었다. 개는 달리기 운동을 즐겼다. 주인이 이제 그만 돌아가려는데 개가 뛰어다니기만 한다. 시간은 없는데 개가 돌아가려 하지 않아, 주인은 신경질을 내고 '어서 와!' 하고 소리친다. 개는 주인이 화낸 것을 알고 한 차례 얻어맞을 것을 생각하고 더 멀리 달아난다. 주인은 화가 나서 쫓아간다. 개는 더 멀리 달아난다.

이때 주인은 어떻게 해야 개를 잡아 쇠고랑 줄을 채워 끌고 돌아갈 수 있을까. 주인은 땅바닥에 주저앉아야 한다. 그래도 개가 다가오지 않으면 드러누워야 한다. 그러면 개가 주인에게 무슨 일이 일어난 줄 알고 다가와서 혀로 핥는다. 그때 목덜미를 잡아

쇠고랑 줄을 채우면 된다.

　개는 자기보다 눈높이가 높은 사람을 무서워한다. 모든 동물과
대화를 나누고 친해지려면 눈높이를 낮추어야 한다.

〈예문〉

　오리의 다리가 짧다고 길게 이어주고 학의 다리가 길다고 잘라주면 불
편해하고 슬퍼한다.

— 장자, 〈도덕경〉 중에서

　건초를 먹는 소들의 위장에는 그것을 소화시킬 수 있는 효소가 들어 있
다. 한데 젖을 먹던 송아지에게는 그것이 없다. 한데 그 송아지가 자라 어
떻게 건초를 먹고 소화시킬 수 있을까. 자세히 살펴보면 암소와 송아지는
입을 맞춘다. 그러면서 암소가 송아지에게 침을 흘려준다. 침 속에 건초
소화 효소가 들어 있다.

— 에드워드 알카모, 〈미생물학 입문〉 중에서

070 | 식물의 행태에서 진리를 찾아라

　나팔꽃 덩굴에 장대를 세워주면 그들은 그것을 타고 올라간다. 반드시 오른쪽으로 돌아 올라간다. 왜 왼쪽으로 오르지 않고 오른쪽으로 올라갈까. 해바라기 잎사귀들도 첫째 잎사귀 둘째 잎사귀 셋째 잎사귀들이 다 오른쪽으로 돌아가면서 돋아난다. 그것은 오른쪽으로 회전하는 소라고둥의 나선과 똑같다.

　왜 그럴까. 그것은 지구가 그렇게 돌기 때문이다. 우주의 율동이 그러하기 때문이다. 신통하게도 인간의 머리에 있는 가마도 오른쪽으로 돌고 있다.

　"외다"란 말은 '그르다'는 말이고, "오르다"란 말은 '옳다' '바르다'는 말이다.

〈예문〉

　모래밭을 거닐다가 피뿔소라고둥의 껍데기 한 개를 주워 와서 머리맡에 두고 산다. 그 고둥의 나선에 대하여 줄곧 생각해온다. 지금 그 나선에 묶이어 있다. 나선을 따라 그것의 거죽을 맴돌기도 하고 회랑 같은 그것 안으로 깊이 빠져들어가기도 한다.

　틈만 나면 그것을 만지기도 하고 여기저기 살피기도 한다. 껍질의 색깔과 무늬도 살피고 뚫려 있는 구멍 속과 귀처럼 생긴 부분도 살피고, 나선도 살핀다. 내가 목조로 뼈대를 만들고 황토와 석회를 바르고 기와를 얹어 토굴을 지었듯이 이놈은 석회질과 유리질로 집을 짓고 살아온 것이다. 아니 껍질이 이놈의 옷인지도 모른다. 몸집이 커짐에 따라 껍질도 함께 커지지 않은가.

　이놈의 시계방향으로 돌아가는 나선은 어쩌면 이렇듯 보기에 편안하고 그 벌려가는 폭이 정확한가. 옷깃는 기법을 어디에서 배운 것일까.

　나는 이 피뿔소라고둥 껍질 여기저기가 반들반들 닳을 때까지 이놈과 가까이 사귈 터이다. 이놈의 나선은 왜 오른쪽으로 돌고 있을까. 이것은 요즘 내 삶의 화두이다.

　세상이 소라고둥 속에 다 들어 있다. 나도 그 속에 들어 있다. 우주는 이놈을 통하여 무엇을 표현하고 있을까. 소라고둥이 말하려 하는 것을 알아내는 것이 요즘 내 삶의 목적이다. 소라고둥이 말하려 하는 것이 곧 내가 세상을 향해 말하려 하는 것일 터이다. 에크만이란 학자도 소라고둥의 나선을 보고 해류의 원리를 알아냈을 터이다.

−〈나선은 왜 오른쪽으로 도는 것일까〉 중에서

071 | 생물이나 무생물의 말을 들어라

　뒤란 언덕 위에 조성해놓은 죽로차 밭을 어정거리며 씩씩하게 자라고 있는 차나무들을 쓰다듬다가 마당으로 내려오는데 무엇인가가 정강이와 발목을 아프게 쑤셔댔다. 무엇이 이럴까 하고 내려다보니 까만 도깨비바늘과 표창 모양의 푸른 쇠무릎지기 풀의 열매들이 양쪽 바짓가랑이에 박혀 있었다.

　발을 굴러대기도 하고 한 손으로 옷자락을 털기도 했는데, 그놈들은 오히려 더 깊이 박혔다. 마당의 평상에 엉덩이를 붙이고 앉아, 이런 고연 놈들, 하고 투덜거리며 하나씩 떼어냈다. 떨어져 나가는 그놈들이 외치는 소리가 들렸다.

　'멀리 데려다줘요.'

　그 소리를 들으면서 나는 흐흐흐 하고 웃었다.

문득 조선 토종의 매화에 미친 화가 조희룡이 생각났다. 추사의 문하를 들락거린 조희룡은 세상에서 가장 못생긴 괴석을 수집했고, 그것을 화폭에 그렸다.

왜 그랬을까. 이 글을 읽고 계시는 당신, 그 까닭을 알게 된다면 아주 좋은 글을 쓰게 될 것이다.

말할 줄 모르는 생물이나 무생물에게서 말을 듣는다는 것은 말 저 너머의 말(진리)을 알아듣는다는 것이다. 그것은 삶 속에서 나의 참모습을 발견한 깃과 마친기지다.

〈예문〉

울타리 삼아 늘어놓은 질그릇동이들 너머 옆집의
마당귀에서 쇠고랑 목에 걸고 있는
털 부숭부숭하고 눈 흐릿하고 주둥이 납작하고 키 작달막한 복술이
영특한 데라고는 없는 바보스런 축생이 하도 가여워
나 자비로운 관세음보살처럼 눈웃음을 지어 보이곤 하는데
이놈은 나를 볼 때마다
으르릉 왕왕 으르릉 왕왕, 짖어댑니다,
이 자식, 누가 똥개 아니라고 할까봐, 하고 그놈을
비웃었는데, 간밤에 토굴 마당의 늙은 감나무가
귀띔해주었습니다,

'이 사람아 자네 속에 들어 있는 어둠을 보고 짖는 거야

털 부숭부숭한 늑대 한 마리 키우고 있는 새까만 어둠 말이야.'

―〈복술이〉 전문

072 사소한 것에서 진리를 찾아라

진리는 큰 이야기에만 들어 있는 것이 아니다. 자세히 깊이 천천히 살펴보면 사소하고 하잘것없는 것들 속에 들어 있다. 좋은 글을 쓰는 사람들은 그것을 놓치지 않는다.

〈예문〉

우리 부엌 식탁 위에는 이쑤시개 통이 있다. 매 식후 나는 그 통 속에서 이쑤시개 한 개씩을 꺼내 가지고 쓰곤 한다. 이때 나는 그것을 반으로 꺾어서 한쪽만 쓰고 다른 한쪽은 그 통 안에 담아놓는다. 다음에 쓰려는 것이다. 그 통 속에는 내가 꺾어 담아놓은 반쪽짜리가 무수하게 들어 있다.

기다란 것들이 다 없어지면 그 반쪽짜리를 모두 쓸 것이다.

"이것 한 통에 얼마냐고 물어봅디다."

어느 날 아침에 내가 이쑤시개 한 개를 톡 꺾는 것을 보며 아내가 말했다.

"누가요?"

내 물음에 아내는 웃기만 할 뿐 가르쳐주려 하지 않았다.

나는 새삼스럽게 이 이쑤시개 한 통에 얼마일까 생각했다. 5백 원짜리다. 그렇다면 이쑤시개 한 개는 얼마일까. 2원쯤일 터이다. 나는 2원을 한꺼번에 쓰지 못하고 둘로 쪼개 쓰고 있는 것이니, 나는 얼마나 인색한 사람인가. (중략)

나는 영원보다는 순간을 아끼고 사랑한다. 영원은 수없이 많은, 우리들이 놓치지 않고 알뜰하게 잘 사용한 순간들이 집적된 것이다. 나한테 돌아오는 모든 순간을 책 읽고 글 쓰고 자연과 접하며 명상한 결과가 쌓여서 나의 영원(작품)이 형성된다.

— 〈작고 보잘 것 없는 것 아끼고 사랑하기〉 중에서

073   웃어른의 이야기에서 진리를 찾아라

나는 어린 시절 동화를 한 편도 읽지 않았다. 대신 할아버지에게서 많은 옛날이야기를 들었다. 도깨비 이야기, 신화, 전설, 홍길동 이야기, 귀신 이야기…….

나는 그것들을 글감으로 해서 많은 수필이나 소설이나 시를 쓰곤 한다.

〈예문〉

소설가 한창훈 씨는 늦은 가을에 거문도에서 혼자 사시는 외할머니 댁엘 갔다. 나목이 되어 있는 감나무에 감 서너 개가 열려 있어 다가가보니

다른 나무에 열린 감나무에 열린 것을 따다가 매달아두었다. 왜 이래 놓았느냐고 외할머니에게 물으니, "글쎄 재작년에까지 감이 주렁주렁 열렸는데, 작년과 올해 들어 열리지 않는다. 그래서 내가 '감나무야 너도 이런 감 좀 열어라' 하고 매달아놓았다" 하고 말했다.

3년 뒤 가을철에 가보니 그 감나무에 감이 주렁주렁 열려 있었다.

식물 심리학자들에게 그 말을 했더니 외할머니의 행위는 옳은 일이라고 말했다.

—〈시인의 마음으로 살아가기〉 중에서

074 | 멋진 광고 문안에서 역설을 배워라

예전에 한 남자 탤런트가 침대 선전을 이렇게 한 적이 있었다.

"침대는 가구가 아닙니다. 과학입니다."

이 말 속에는 수직적인 논리와 수평적인 논리가 들어 있다. 수직적인 사고만을 하는 사람은 답답한 사람이므로 결코 좋은 글을 쓸 수 없다. 수평적인 사고를 할 줄 알아야 좋은 글을 쓸 수 있다.

수평적인 사고, 역설이야말로 최고의 기지(機智)이다. 좋은 글 속에는 그러한 기지가 들어 있다.

〈예문〉

고리대금업자 가씨가 나씨에게 천억 원을 빌려주었는데, 나씨는 부도를 내고 파산하게 되었고, 감옥에 갔다. 나씨에게는 우렁이각시 같은 무남독녀가 있었다. 가씨는 그 딸이 욕심나서 나씨의 집으로 찾아갔다. 딸이 혼자 있었다.

나씨의 집 정원에는 바둑알 같은 검은 돌 흰 돌 들이 깔려 있었다. 가씨는 나씨의 딸에게 말했다.

"네가 내 말대로 하면 네 아버지를 구출할 수 있고, 아버지의 사업도 전과 같이 할 수 있게 된다."

"어떻게 해야 합니까?"

"자루 속에 흰 돌 하나 검은 돌 하나를 넣고 내가 거는 내기에 응하면 된다. 네가 손을 넣어 흰 돌을 꺼내면 아버지를 감옥에서 나오게 하고 내가 다시 천억 원을 주어 사업을 하게 하겠다. 그런데 만일 네가 검은 돌을 꺼낸다면, 물론 네 아버지를 꺼내드리고 사업도 하도록 천억 원을 주겠는데, 다만 네가 나에게 시집을 오면 된다. 어째, 내기에 응하겠느냐?"

딸은 흰 돌을 꺼낼 확률이 50 대 50이므로 응하겠다고 했다.

그러자 가씨는 환한 얼굴로 자루에 돌 두 개를 넣었다. 한데 딸이 보니, 가씨가 검은 돌 두 개만을 넣고 있었다. 이제 딸이 그 내기에 응하면 하릴없이 가씨의 첩이 되어야 했다. 이때 딸은 고민에 빠졌다.

'(1)내가 희생하고 아버지를 구할까. 아니, (2)이 고을 검사, 판사, 경찰서장, 시장, 변호사 들을 증인으로 앉혀놓은 다음, 이 자루 속에 검은 돌만 두 개 들어 있다는 것(사기 행위)을 폭로할까.'

그러던 딸은 기막힌 수 하나를 생각하였지만, 겉으로 맥 빠진 시늉을 하며 순순히 내기에 응하겠다고 말했다. 대신 증인을 세워달라고 청했다. 가씨는 딸의 요청대로 하기로 했다.

증인들이 지켜본 가운데 딸이 자루 속으로 손을 넣었다. (3)자루 속에 들어 있는 검은 돌 한 개를 집어 밖으로 가지고 나오다가 자루 입구에서 실수를 한 체하고 떨어뜨려버렸다. 그 검은 돌은 정원의 검은 돌 흰 돌 사이에 섞여버렸다. 딸이 소리쳤다.

"어머나! 어쩔까요! 그렇지만 염려하실 것은 없어요. (4)이 자루 속에 들어 있는 돌을 보면 제가 조금 전에 어떤 색깔의 돌을 꺼냈는지 알 수 있을 거여요."

— 에드워드 디보노,《수평적 사고방식》중에서

위의 (1)과 (2)는 수직사고이고 (3)은 앞의 수직사고를 깨뜨리는 수평사고이고 (4)는 깨뜨려진 상처를 아물게 하는 수직사고이다. 수평사고가 성립하려면 반드시 다음에 수직사고가 뒤따라야 한다.

모든 예술가와 기발한 발명가와 광고 문안 작성가들은 수평사고의 귀재들이다.

075 | 말도 안 되는 말에 진리가 들어 있다

'언어도단' 이란 '말도 안 되는 말' 을 이른다. '백척간두 진일보' 같은 것이 그것이다. 즉, 백 척이나 되는 장대 꼭대기에 서있는 사람보고 '한 걸음 내디뎌라' 하고 말하는 것이다. 흔들거리는 작대기 꼭대기에 있는 사람은 두려워 떨다가 죽느니 죽을 각오를 하고 한 걸음 내디뎌야 살 수 있다.

말도 안 되는 말 속에 들어 있는 진리를 터득한 사람이라야 좋은 글을 쓸 수 있다.

〈예문〉

　30년 전 내가 근무하던 중학교 우렁이각시 같은 여선생님은 여름철에 허벅지 드러나는 치마를 입곤 했는데, 학교 안에 '오늘 우리 여선생님 빨간 팬티 입었더라'는 말이 떠다녔습니다. 한 교실에서 수업을 하다가 통로에 떨어져 있는 손거울을 발견한 그녀는, 생활지도 주임을 앞세우고 가서 그 반 학생들의 호주머니 검사를 실시했는데, 키 작달막한 아이의 호주머니에서 손거울 한 개가 더 나왔습니다. 생활지도 주임은 그것을 압수하면서, 이 손거울 가지고 다녀야 하는 이유가 있으면 교무실로 와서 말하고 찾아 가거라, 했고, 키 작달막한 아이가 교무실로 와서 "꽃한테 제 얼굴을 비춰주려고요" 했습니다.

　그 말에 나는 옆에 앉은 여선생의 연꽃이 떠올라 얼굴이 화끈 했는데, 생활지도 주임이 빈정거렸습니다,

　"야, 이놈아, 꽃에게 거울을 비춰주면 꽃이 제 얼굴을 알아본다냐?"

　학생이 말했다.

　"모든 꽃은 거울 속의 자기 얼굴을 보고 비틀어진 꽃잎을 바로잡고 향기도 더 진하게 뿜습니다."

　얼굴 빨개진 생활지도 주임이 "말도 안 되는 소리 말고 썩 꺼져!" 하고 소리쳤음에도 불구하고 그냥 돌아가려 하지 않는 그 학생을 나는 내 자리로 데리고 가서 물었습니다.

　"그것을 누구한테 배웠니?"

　"우리 할머니요."

　"네 할머니 무얼 하는 분이시냐?"

"점도 쳐주고 굿도 하러 다니셔요."

"네 할머니는 집안에 꽃이 피면 어떻게 하시니?"

"치자꽃, 족두리꽃, 금강초롱꽃들이 피면 앞에다가 체경을 세워놓아요. 밤이면 초롱불을 켜 달아놓기도 해요."

가슴에 불이 환히 켜진 나는 생활지도 주임에게, "저는 가짜 시인이고, 이 아이하고 이 아이의 할머니하고는 가슴으로 시를 쓰는 진짜 시인입니다" 하며 손거울을 찾아 돌려주고, 이후 그런 손거울 하나를 장만하여, 세상의 모든 꽃들에게 얼굴 보여주기를 부지런히 하고, 그 손거울을 무수히 제작하여 세상 사람들에게 팔고 또 팔면서 이때껏 잘 살아오고 있습니다.

―〈손거울〉 전문

076 다른 사람의 말 속에서 글감을 찾아라

어린 시절 나는 마을의 사랑방에서 동네 머슴들과 어울려 자곤 했다. 그들에게서 아주 많은 이야기들을 들었는데, 그것들이 모두 지금 나의 글이 되고 있다.

〈예문〉

버스 한 대에 사람들이 가득 타고 오불고불한 산골길을 가고 있었다. 고갯길 모퉁이에 코끼리만 한 호랑이가 버티고 서서 이빨을 드러내고 으르렁거리고 있었다.

버스는 멈추어 섰고, 사람들은 앞에 나타난 것이 산신령이라고 말했다.

그리고 사람 하나를 잡아먹고 싶은 것이라고, 누군가 한 사람을 내보내주고 가야 한다고, 희생시킬 사람 하나를 골라냈다. 꾀죄죄한 거지 소년이었다. 소년을 내려놓고 버스는 떠났다.

호랑이가 소년 앞으로 다가와서 입을 크게 벌리고 고개를 좌우로 저어댔다. 소년이 아가리 속을 들여다보니, 귀부인들의 비녀가 목에 걸려 있다. 소년은 무서워하지 않고 호랑이의 아가리 속에 손을 넣어 비녀를 꺼내주었다. 호랑이는 소년에게 머리를 몇 차례 조아리고 숲속으로 사라졌다.

소년을 버리고 간 버스는 고개 아래로 내려가다가 제동장치가 파열되어 몇 십 미터 골짜기로 곤두박질 쳤고, 살아남은 사람은 아무도 없었다.

— 〈한 머슴의 이야기〉 중에서

077 작은 글감 두세 개를 교배시켜라

한겨레신문 사회면에 다음의 두 기사가 있었다.

(1) 7월 1일 자정 장흥군 안양면 율산 마을의 축사에 도둑이 들어 비육우 열두 마리를 실어가버렸다. 그것을 키운 할아버지는 병들어 누워 있다.
(2) 증권회사 객장 풍경

광주의 ㄹ증권사 객장에는 언제부터인가 깡통 계좌가 되어버린 남자들이 술주정뱅이가 되어 나타나 함께 투자를 하곤 한 사람들에게 술을 사달라고 조르곤 한다.

그날 밤 텔레비전에 이런 뉴스가 보도 되었다.

(3)리어카 행상을 하던 한 노인이 교통사고를 당했다. 그 노인을 간호하는 것은 초등학교에 다니는 손자들 둘이었다. 아들은 사업을 하다가 부도가 나서 가출해버리고 며느리는 빚쟁이들에게 들볶이다가 잠적했다. 노인은 "저 불쌍한 것들을 내가 돌봐주어야 하는데……" 하고 안타까워하고 있었다.

이들 세 개의 기사는 전혀 연계성 없는 별개의 기사들이다. 나는 그 글감 세 개를 모아 다음과 같은 단편소설 한 편을 썼다. 소설 제목은 〈수방청의 소〉이다.

그 줄거리는 다음과 같다.

〈예문〉

소 열두 마리를 키우는 할아버지의 아들은 은행에 다니다가 퇴직하고 퇴직금을 모두 털어 증권에 투자했는데 그게 폭락하는 바람에 거덜이 났다. 아들은 살림살이와 아내와 아들딸들을 돌보지 않고 술주정뱅이가 되어 증권사 객장만 드나든다.

할아버지는 장차 자기가 키운 소들을 한 마리씩 팔아 손자들의 학비를 대주려고 마음먹고 부지런히 소를 키우고 있었다.

어느 날 아들이 찾아와서 소를 팔아달라고 했다. 이번에는 돈 버는 길이 보인다고. 바야흐로 주식 시세가 바닥을 치고 있으므로, 이번에 투자를 하면 본전을 찾고도 많은 이익금을 남길 수 있다고. 할아버지는 아들의 말을 듣지 않고 쫓아 보낸다.

  그 아들이 번개 치고 뇌성하며 비 억수로 쏟아지는 날 밤 트럭을 대절해 가지고 와서 소들을 감쪽같이 실어가버렸다. 할아버지는 몸져 누워 있다.

  사흘째 되는 날 아침 문득 일어난 할아버지는, 텅 빈 축사에서 개 사육을 하여 손자들을 가르치겠다고 하며 도사견을 키워 재미를 본다는 먼 일가 조카를 찾아 나선다.

―〈수방청의 소〉 중에서

078 남이 관심 가지지 않은 것에 주목하라

　여름철 밤에 등불을 밝혀놓으면 하루살이가 많이 날아와 죽어 있다. 그 하루살이를 보고 나는 다음과 같은 시 한 편을 썼다.

〈예문〉

조선왕조실록을 읽다가
눈이 시려 잠시 잠을 자려다가
'이런 빌어먹을 것들!' 하며, 방바닥과 담요 위에 널려 있는
하루살이의 주검들을 쓰레받기에 쓸어 담다가
깜짝 놀랐습니다, 하아, 이것들도 날개

두 짝씩을 가진 짐승이구나! 탄성을 지르며
화경으로 그놈들의 은색과 무지개색 날개들의
정교하고 아름다운 무늬와 결을 보면서
하아, 이놈들이 이런 찬란한
날개를 가진 존재였다니, 하고 느꺼워하다가
잠이 들어, 꿈에 조선왕조실록을 펼쳐 보다가
이런! 이런! 하고 소리쳤습니다, 그 실록 여기저기에
우글거리는 하루살이들의 찬란하게 반짝거리는 날개들 때문에.

―〈날개〉 전문

079 떠도는 이야기를 나의 글에 대입하라

좋은 글을 쓰는 사람들은 지나가는 사람들이 지껄거리는 말, 술집에서 불평불만 터뜨리는 사람들의 이야기, 버스 안에서 들리는 말을 글감으로 삼기도 한다.

〈예문〉

오래전 광주 사범학교와 광주 서중은 해마다 가을 축구 축제를 벌이곤했다. 그 축제가 벌어지면 두 학교의 모든 교직원과 학생들이 나서서 목이 터져라고 응원을 하며 즐겼다.

광주 사범학교가 그 경기에 진 날, 선수와 교직원들을 위로하며 술을 거나하게 마신 교장은 집으로 가자마자 자기 방에 들어가 어흑, 어흑 하고 울었다.

늙은 어머니가 깜짝 놀라 교장의 방에 들어가서 왜 그렇게 슬피 우느냐고 물었다. 교장이 눈물을 팔뚝으로 훔치면서 말했다.

"우리 학교가 시합에 졌어요."

어머니는 혀를 끌끌 차면서 한심하다는 듯이 말했다.

"아이고 지지리도 못난 사람! 이 세상에, 자기 학교 선수들이 축구 시합에서 졌다고 해서 자네 같이 슬피 우는 교장이 어디 있는가, 한번 찾아보소."

그러자 교장은 소년처럼 어리광하듯이 어머니에게 말했다.

"제 학교 선수들이 시합에 졌는데도 울지 않는 그런 놈들도 교장이랍니까?"

다음해 가을 어느 날 밤에 술이 거나해서 들어온 교장이 또 제 방에 들어가서 슬피 울자, 어머니는 문을 열고 들어가서 빈정거렸다.

"아이고, 자네 우는 것을 보니 자네 학교 아이들이 또 진 모양일세?"

그러자 교장이 말했다.

"아니요. 이겼어요."

"그런데 왜 우는 것인가?" 하고 어머니가 묻자, 교장은 "서중이 내 모교 잖아요!" 하고 나서 비분강개하여 말을 뱉었다.

"그 후배 놈들이 얼마나 못하는지 차라리 내가 들어가서 대신 공을 차 주고 싶었어요. 아이고, 그 미련한 놈들!"

야구 시합 축구 시합에서 빈볼 시비, 판정 불만으로 우르르 몰려 나가 치고받고 하는 선수들을 보면서, 나는 깨끗하고 순수한 그 교장의 삶을 떠올렸다.

그 교장은 내 삶의 거울이다. 편을 갈라서 싸우는 듯싶지만 절대로 갈라지지 않고 두 편을 한데 아우르는 넉넉한 대인의 삶 말이다.

예로부터 시집가지 않겠다고 한 처녀의 거짓말, 얼른 죽고 싶다는 늙은이의 거짓말, 판판 밑졌다고 하는 장사꾼의 거짓말을 3대 거짓말이라고 한다. 거짓말 한 마디가 올벼 논 서 마지기보다 낫다는 말이 있을 정도이다. 그러한 거짓말을 밥 먹듯이 하는 사람들을 가리켜 소인이라고 말한다. 소인들은 밥과 돈과 명예를 위해 속이고, 위기를 감쪽같이 모면하고 저 혼자만 살기 위해 속인다.

소인들의 거짓말이 판을 치고 있다. 제 얼굴에 묻은 똥물을 숨기기 위하여 가면을 쓴 채 상대의 얼굴에 겨가 묻었다고 외치는 사람, 몇 백 억의 돈을 감추어 둔 채 마음을 비웠다고 말하는 사람, 성을 은밀하게 비즈니스처럼 활용하면서도 요조숙녀처럼 행동하는 뻔뻔스러운 사람. 애초에 손바닥으로 제 얼굴을 가리고 아옹 하고 고양이 울음소리를 내거나, 손바닥으로 하늘을 가리고 해가 사라졌다고 외치는 어릿광대의 장난을 보고 있는 것이 차라리 나을 지경이다.

자기 허물을 고치는 데 있어서 인색하지 않아야 한다〔改過不吝〕고 〈서경〉은 가르치고 있다. 편을 갈라 시합을 하지만 결코 원수처럼 되지 않고 두 편을 아우르는 거인 교장처럼 순수해지고 정직해져야 한다. 넉넉하게 커져야 한다.

―〈한 거인 교장 이야기〉 중에서

080 | 어두운 이야기에서 희망을 건져내라

　목탄으로 흰 종이에 데생을 해보면 재미있는 사실을 발견하게
된다. 어떤 모델의 얼굴을 다만 관념으로 파악해서 그릴 때 흰 종
이에는 그리고 있는 사람 그 자신의 얼굴과 비슷한 모습이 그려
진다. 그만큼 자기를 사랑하고 자기에게 취해 있다는 증거인지
모른다.

　데생을 하려는 사람은 대상을 빛과 그림자로써 파악해야 한다.
빛은 놔두고 그림자만 그려야 한다. 빛을 그리려 하면 빛은 죽어
버린다. 그림자를 잘 그리면 빛은 자연 살아난다.

　따지고 보면 모든 것들은 빛과 그림자로 되어 있다. 빛과 그림
자로써 자기의 모습을 드러내 보인다.

　글쓰기도 그러하다. 이야기(사건)의 빛과 그림자를 파악한 다음

인내하면서 그림자를 착실하게 묘사하고 진술할 일이다. 마지막에 빛이 바짝 하고 드러나도록.

형상화는 대상의 실체를 그려내는 것이다. 실체가 다만 빛으로 된 것일 뿐이라고 생각하고 빛만 그리게 되면 그림자를 놓치게 된다. 그림자를 놓치면 빛 또한 놓치게 된다.

허무를 무시하지 마라. 시와 소설은 결국 허무 가르치기이다.

〈예문〉

자기 팔뚝에 제 손으로 마약 주사하고 허허허허 너털거리듯
그 남자와 맨살 마주 댄 채 환혹의
하늘과 바다와 산과 짙푸른 평원 위를
떠다닌다고 소문 자자한 그 여자가 말했다.
당신 이런 미친놈 알아요?
눈도 코도 귀도 없는 그
남의 논에 물을 대며 가슴 두근거리곤 하는 남자
당신 이런 미친년 알아요?
죽어라고 피땀 흘려 농사지어놓은 논에서
어느 한 놈이 도둑 추수 해가는 것을 보고도
억울해하고 분해할 줄도 모르고 오히려
행복에 겨워 눈물 질금거리는 여자.

— 〈참사랑〉 전문

081 | 섬세하고 정확하게 묘사하라

어떤 장면을 묘사할 때는 먼저 머리에 그 장면과 그 상황을 상세히 그려보아라. 그 가운데서 가장 인상적인 것들을 골라 서술하라.

사진작가들은 스님이 혼자 암자에서 사는 모양새를 표현하기 위하여, 스님 방문 앞에 놓인 흰 고무신 한 켤레를 찍기도 하고, 바람벽에 걸려 있는 스님의 바랑을 찍기도 한다.

단순한 것을 통해 전체를 드러내려는 것이다.

〈예문〉

　부두 안의 수면은 잔잔하게 일렁거렸다. 거기 뜬 별들이 물속 궁전에 휘황하게 빛나는 등불 같았다. 줄타기나 널뛰기 하는 노랑저고리들처럼 일렁거렸다. 아니, 무더운 이 여름의 어둠발을 타고 내려온 별들과 해수와의 은밀한 혼례가 벌어지고 있었다. 마녀처럼 음탕한 바다였다. 시꺼먼 빛깔의 한없이 큰 입과 끝없이 넓고 깊고 부드러운 자궁을 가진 바다는 탐욕스럽게 별들을 품에 안아 쌀을 일듯 애무하고 있었다. 거무스레한 해무를, 머리칼처럼 산발한 밤바다의 찰싹거림은 별들을 핥고 빨고 입맛 다시는 소리였다.

—〈낙지 같은 여자〉 중에서

082

글 속에 농현을 담아라

  나는 글을 쓸 때 늘 가야금과 거문고의 농현에 대하여 생각한다. 가야금과 거문고의 연주자들은 한 줄을 퉁겨 한 음정만 내지 않는다. 농현(弄弦)을 한다. 농현이란 퉁긴 줄을 흔들어주는 것이다.

  거기에는 두 가지의 방법이 있다. 그 하나는 한 줄을 퉁기기 전에, 그 줄을 어느 정도의 세기로 눌러서 두세 단계의 높은 소리를 내면서 짚어 누르기의 세기를 점차 낮추며 흔들어 소리를 울리게 하다가 그 줄의 원음까지 이르도록 하는 방법이고, 다른 하나는 그 줄을 누르지 않은 채 퉁겨 소리를 낸 다음 누름의 세기를 점차 강하게 하며 흔들어 몇 단계의 높은 소리 쪽으로 울림하게 하는 방법이다.

한데 가야금과 거문고의 연주자들은 왜 그렇게 흔들어서 소리를 낼까?

한 개의 줄 위에 만들어진 몇 개의 포지션이 있으되, 그 포지션 하나하나로 한 음정씩만을 내도록 지정받은 현악기들의 소리 하나하나는 자기의 영역 속에 갇히어 있고 정형화되어 있다.

다른 악기들의 음정 짚어 소리내기는 한쪽으로 치우치는데 거문고나 가야금의 흔들어 소리내기는 평등하다. 말하자면 깊은 세계와 높은 세계를 자유로이 넘나든다.

농현을 통해 예술적인 정감을 이같이 표현하는 현악기가 어디에 또 있을까.

〈예문〉

"사람들은 자기의 친근하고 사랑하는 이에게는 치우치고, 자기가 천하게 여기고 미워하는 이에게는 또 그런대로 치우치고, 자기가 두려워하고 존경하는 이에게도 치우치고, 자기가 불쌍히 여기고 애처롭게 여기는 자에게도 치우치고, 자기가 오만하게 대하며 업신여기는 이에게도 치우친다. 그러므로 좋아하면서도 그의 나쁜 점을 알고, 미워하면서도 그의 아름다운 점을 아는 사람은 세상에 드물다."

― 〈대학〉 중에서

083 진부한 표현을 삼가라

　나뭇잎의 움직임, 그것은 나뭇잎과 바람하고의 관계로 말미암아 일어난 현상이다. 따지고 보면, 바람이 불어오니 나뭇잎이 자기 있던 자리에서 잠시 비켜주며 그것이 지나가도록 편의를 보아주고 다시 제자리로 돌아가고 있는 것일 뿐, 나뭇잎의 삶에는 전혀 흔들림이 없는 것이다. 그러므로 바람이 부니 나뭇잎이 흔들린다는 말은 인간들의 무책임한 오독인 것이다.

　테러범들이 비행기를 납치하여 뉴욕의 쌍둥이 빌딩으로 날아가 박힘으로써 그것을 무너뜨렸다고 사람들은 말한다. 그러나 사람들에 따라서는 세계만방에 그 위용을 자랑하는 두 쌍둥이 건물의 오만스러운 의지가 테러범들로 하여금 비행기를 납치하여 자기들을 향해 날아오게 했다고 말하기도 할 터이다. 이 두 견해는 어느 것이 옳고 어느 것이 그른 것인가.

우주를 바라보되 균형 잡힌 눈으로 볼 일이다.

〈예문〉

나무 밑동을 잔혹하게 토막내고 있는 미친 전기톱의 악쓰는 소리인지, 주살되고 있는 나무들이 질러대는 비명인지 구별할 수 없는 그 소리에서 녹즙기가 토해낸 듯한 짙푸른 생즙이 줄줄 흘렀다. 금방까지 살아 꿈틀거리던 나무들이 광란하는 전기톱날의 공격으로 말미암아 객혈을 하며 울부짖었다. 에키에엥, 이끼이잉, 으끄아앙, 쎄에엥, 씨리끼리이잉. 그 울부짖음이 하늘과 땅과 바다를 흔들고 온 세상에 푸른 피칠을 하고 있었다. 단말마의 경련 같은 전율이 한 순간에 지구를 일곱 바퀴 반 돈다는 섬광처럼 세상을 한꺼번에 구겨버리려고 아드득 움켜잡고 있었다.

땅끝의 매실농장 한복판에서, 바야흐로 그 거역과 파괴의 주살 행위가 벌어지고 있었다. 그 현장을 젊은 수컷 박새 한 마리가 늙은 백양나무의 가지 위에 앉은 채 진저리를 치며 보고 있었다. 아, 안타깝다. 전망이 좋은 땅, 맑고 짙푸른 하늘, 쪽빛으로 출렁거리는 바다, 무성한 백양나무숲, 가슴속을 수런거리게 하는 소금기 어린 바람. 다 좋은데, 여기에는 평화가 없다. 우리의 둥지를 틀 만한 곳이 아니다. 다른 곳으로 가보자. 아니, 여기서 더 머무르며 지켜보자.

젊은 수컷 박새는 조급했다. 어디에든지 얼른 마땅한 자리를 결정하고, 거기에 서둘러 새 둥지 하나를 틀고 아내로 하여금 알을 낳도록 해야 하는 것이었다.

그는 마을 쪽 뒷산 북편 비탈의 한 늙은 소나무 밑동 옹이 구멍 속에서 반년 연상의 암컷 박새와 살고 있었다. 그의 아내는 시어머니에게서 물려받은 그 헌 둥지 말고 다른 새 둥지에서 몸을 풀고 싶어했다.

— 〈연꽃바다〉 중에서

084 | 비유라는 뗏목을 사용하라

관념어들이 나를 괴롭혔다. 딱딱한 그것을 소화시킬 만한 소화 효소가 부족했다.

그 절망하게 하는 관념어들을 소화시키기 위해 나는 비유라는 뗏목(하부구조 혹은 소화 효소)을 사용했고, 그것을 통해 우주 속으로 들어갔고 그 우주를 내 속으로 끌어들였다. 나는 비유가 없으면 한 토막의 이야기도 지껄이지 못한다. 비유라는 이야기의 덩어리가 있기 때문에, 그것을 위하여 나는 존재한다. 내가 쓰는 모든 글들은 비유의 덩어리들이다.

태어나자 나에게는 그림자(글)가 있었는데 그놈은 그때마다 나를 흉내내고 있었다. 살아가다 보니 내가 그놈의 흉내를 내고 있었다.

석가모니가 연꽃 한 송이를 들어 보이듯이, 내가 내 가섭의 미소를 위하여 들어올리곤 하는 비유들은 내 심장이나 위장이나 머리털이나 얼굴이나 남근이나 내가 배설한 정액이나 오줌똥을 닮아 있곤 한다.

〈예문〉

그 해 5월

불볕이던 마지막 화요일 광주

〈바위섬〉가수 김원중의 달거리 음악회 이야기 초대 손님으로 나갔다가 김원중이가

'생명력'이라는 게 무어냐고 물어서

'차의 배릿한 향이 곧 그것'이라고 말하려다가 그것이

사람들에게 너무 어려울 듯싶어 그 무렵 환장하게 예쁜 네 살 먹은

외손자 새벽이의 이야기를 했습니다.

"제 어미가 새벽이를 놀이터에 데리고 갔는데 그놈은 시소 타고 미끄럼 타고 그네 타고 한도 끝도 없이 놀려 하는데, 지친 어미가 그놈을 억지로 이끌고 집으로 왔습니다. 그놈은 현관 바닥에 선 채로 다시 나가자고 떼쓰며 울었고, 어미는 그 울음 그치게 할 여력도 없어 응접실 소파에 주저앉아버렸는데, 한 20분쯤 울던 그놈이 문득 어미를 향해 엄마 나 뭐 좀 마시고 싶어, 했으므로 그놈의 어미, '아, 이제 그만 울려나보다' 하고 우유를 주었더니 그것을 다 마시고 난 그놈 이번에야말로 더 큰 소리로 울기 시작

했습니다."

    * 여기서 작가는 '생명력' 이란 말과 '차의 배릿한 향' 을 설명하려 하지
않고 '새벽이의 이야기' 를 비유로 들어 말하고 있다.

― 〈차의 배릿한 향〉 전문

085 　　　　　시의 비결은 역설에 있다

　반전(反轉)은 콩트적인 소설에서 미리 복선을 깔아놓고 결말에
서 사건을 예상 밖으로 뒤집어엎는 것을 말한다. 반전 부분에서
독자는 아하, 하고 탄식을 한다.

　10여 년 전, 바닷가에 지은 작가실을 '해산토굴(海山土窟)'이라
명명하고 나를 가두어놓았다. 갇힌 나는 날마다 책을 읽고 글을
생산한다. 어느 날 찾아온 한 스님이 "이 집 주인은 날마다 해산
(解産)을 하겠네" 하고 말했다. 그 말 속에는 반전과 역설이 담겨
있다. 해산토굴은 글을 쓰는 자궁인 것이고, 날마다 글이라는 아
기를 해산한다.

　삶의 경계를 무너뜨리고 싶을 때 시를 쓴다. 삶과 죽음, 가진
자와 못 가진 자, 떠남과 머무름, 얻은 자와 잃은 자에 대한 생각

이 번뇌하게 할 때 시를 쓴다.

시는 나에게 있어서 만병통치약이다. 소설에 반전이 있다면 시에는 역설이 있다. 역설이 만병통치약이다.

〈예문〉

고구려 고분에서 꺼내온 다갈색 무늬의 생활 한복 차림으로
다도(茶道)하는 여인의 향기로운 방에 갔다가
청자 옹배기에 익사시켜놓은 흰 연꽃 한 송이의
금빛 수술 속에서 표주박으로 떠낸 물을
내 찻잔에 부어주는 순간 나는 진저리쳤습니다.

한 남자는 미칠 듯 짝사랑하던 여인을 연적에게서 훔쳐다놓고 몸과 마음을 열어달라고 통사정했는데, 죽으면 죽었지 허락할 수 없다고 뻗대자 정원에 묻고 그 몸 위에 수밀도 나무를 심고, 그리고 10년 뒤의 초가을 핏빛 황혼 속에서 연적을 초청하여 그 나무 그늘 아래 앉히고 수밀도를 따다가 대접하고 나서 했다는 말 때문입니다.

"우리 먹은 그게 그 여자 맨살일세!"

-〈백련차〉 전문

수필을 쓰는 방법

붓 가는 대로 쓴다는 수필은 그냥 붓 가는 대로 쓰는 글이 아니다.

서로 반대되는 작용을 동시에 하는 근육을 길항근이라고 한다. 역학적으로 서로 대항하는 근육을 말하는데 그것은 우리 몸 요소요소에 자리하고 있으면서 몸이 균형과 조화를 가지게 한다. 가령 얼굴에서 어느 한쪽이 마비되면 입과 눈과 볼이 비뚤어지는 현상이 나타나는데 그것은 길항근이 기능을 잃기 때문이다.

수필 쓰기에서도 길항력은 필요하다. 수필은 붓 가는 대로 쓰는 글이라고들 한다. 그러나 결코 붓 가는 대로 쓰는 글만은 아니다. 그 글을 쓰기 전에 글감을 신중하게 마련해야 하고, 그것에 알맞은 설계를 해야 하고 그 설계에 따라 차분하게 써내려가야 한다. 물론 적당한 수사도 필요하다.

붓 가는 대로 써가는 글이라고 하여 아무 작정도 없이 써간다는 것은 마치 여행을 하려 하는 자가 아무 준비도 없이 무작정 길을 나서는 것처럼 무모한 짓이다.

봄이면 죽은 듯싶던 땅에서 이런저런 푸나무들의 싹이 터나고 마른 나무에서 꽃이 피고 움이 난다. 그것은 지난 가을에 이미 준비된 것들이다. 나무는 잎을 떨어뜨릴 때 다음해에 돋아날 싹과 꽃망울을 미리 준비해둔다. 그 준비된 것들을 나타나게 하는 것은 우주의 순리다. 순리는 자연 그 자체이다.

붓 가는 대로 쓴다는 것은 순리에 따라 써간다는 것이지 아무런 준비도 없는 상태에서 그냥 써간다는 것이 아니다. 붓 가는 대로 쓰는 것과 그 글을 위한 주도면밀한 준비는 길항근 같은 것일 터이다.

〈예문〉

소월은 인간의 절대 고독을 잘 노래한 시인 가운데 한 사람일 것이다.

산에 산에
피는 꽃은
저만치 혼자서
피어 있네

쉬운 언어들 속에 잔잔하면서도 깊은 슬픔과 아픔과 삶의 순리가 담겨 있다. 산에서 혼자 피고 지는 꽃과 그 꽃이 좋아 산에서 사는 작은 새.

집을 짓는 데에 절대로 여러 개의 가지를 사용하지 않고 오직 한 개의 작은 가지만을 사용하는 작은 새.

〈산유화〉에는 우리 삶의 순수하고 맑은 공간이 있고 그 공간을 관통해 흘러가는 시간이 있다. 우주의 생성과 소멸, 혹은 그 엄정한 순리는, 가로로 놓여 있는 공간을 세로로 교직하듯 흐르는 시간에 의해 이루어진다.

그 어떤 사람도 시간 앞에서 자유로울 수는 없다. 모두들 태어나자마자 성숙해가고 늙어가고 죽어간다. 죽어감으로 말미암아 새로운 생명을 태어나게 한다.

사람들이 들썩거릴 때 우리는 조용히 침잠하고 명상할 줄 알아야 한다. 지금 자기 성취 혹은 자기 자리 지키기를 생각하고 자기 성장을 위해 도서관을 찾아가 책을 읽을 때이다. 도서관에는 우리 먼저 살다 간 선인들이 아프게 고민한 삶의 궤적들이 우리를 깨닫게 해주기 위해 기다리고 있다.

우리는 혼자서 곰곰이 어떤 꽃을 피울 것인가를 생각해야 한다. 자기가 피운 꽃이 아름답고 예쁜 꽃인지 그렇지 않은 꽃인지에 대하여는 신경 쓸 일이 아니다. 누가 보아주든 안 보아주든 아랑곳하지 말고, 다만 참답게 순수하게 자기만의 꽃을 피우기만 할 일이다.

― 〈아들에게〉 중에서

5부
글을 꾸미는 법

비유는 나타내려고 하는 대상이나 내용을 읽는 이가 알기 쉬운 다른 대상이나 내용에 빗대어서 보다 구체적이고 생생하게 드러내는 것이다. 여러 비유법 가운데 어느 것이 더 훌륭하다고 한마디로 잘라 말할 수는 없다. 어떤 비유를 사용할 것인가는 글을 쓰는 사람의 성격이나 취향에 따라 다를 뿐이다.

087 | 비유법의 신비한 묘미를 터득하라

"어머니, 어머니, 굉장해요! 정말정말 굉장해요!" 하고 창길이는 현관 안으로 들어서면서, 그야말로 감격 어린 목소리로 소리쳤다.

위의 글을 쓴 사람은 자기의 글에 비유를 동원할 줄 모르는 사람이다. '감격 어린' '굉장해' '정말정말' '무지무지하게' 이런 말들로는 그 글을 쓴 사람의 감정을 제대로 전달할 수가 없다.
'창길이는 현관 안으로 들어서면서, 그야말로 감격 어린 목소리로 소리 쳤다' 고 하는 부분을 다음과 같이 고쳐야 한다.

창길이는 현관 안으로 들어서면서, 난생 처음으로 쌍무지개를 보고 돌아온 소년처럼 상기되어 소리쳤다.

이렇게 비유를 해놓고 보니까, 어머니 앞에서 감격적으로 말하고 있는 창길이의 모습이 요술처럼 강한 영상으로 머릿속에 그려지지 않는가?

다음의 글들을 비교해보면 '비유법'이 무언인지 알 수 있을 것이다.

(1) 진짜로 무더운 날씨였다. 할아버지께서 "아이고, 그 날씨 한번 무지무지하게 덥다" 하고 말씀하셨다. 그러자 아버지께서도 "굉장히 덥구나" 하셨고, 형도 "아이고, 더워서 그냥 미치고 환장하겠네" 하였다. 잠시 후에는 어머니께서도 "나, 이렇게 더운 날씨는 생전 처음 보겠네. 후유 덥다" 하고 말씀하셨다.

(2) 섭씨 40도가 넘는 한증막 속에 들어앉아 있는 것 같았다.

(3) 하늘에는 구름 한 점 없었다. 마당에는 하얀 불볕이 쏟아졌다. 밖에 나갔던 바둑이가 혀를 길게 빼 늘이고 헐떡거리며 들어와 담벼락 그늘에 주저앉았다. 돌담벼락을 기어 올라가는 호박 덩굴의 잎사귀들이 바둑이의 혀처럼 늘어져 있었다. 담벼락에 둘러선 감나무에 매달린 잎사귀 하나 움직거리지 않았다. 선풍기를 틀고 얼굴을 그 앞에 들이밀어보지만 그 바람마저 후끈거렸다. 등줄기에는 벌레가 기어가는 것처럼 땀방울이 스멀스멀 기어내렸다.

(1)은 비유를 할 줄 모르는 사람의 글로, 공연히 엄살과 허풍만 떨고 있는 것처럼 보인다.

(2)는 단 한마디의 비유를 통해서 그 무더움의 정도를 명쾌하게 표현하고 있다. 그러므로 이 글은 매우 차분하고 여유가 있다.

(3)은 무더위를 아주 차근차근하게 묘사했다. 작가가 설명을 하려 애쓰지 않고 그 상황을 그대로 드러내주어(형상화시켜) 읽는 이가 저절로 느낄 수 있도록 했다. 그래서 이 글 속의 무더위는 읽는 이의 가슴마저도 답답하게 할 만큼 절실하다.

비유는 나타내려고 하는 대상이나 내용을 읽는 이가 알기 쉬운 다른 대상이나 내용에 빗대어서 보다 구체적이고 생생하게 드러내는 것이다.

〈예문〉

강나루 건너서
밀밭 길을,

구름에 달 가듯이
가는 나그네.

길은 외줄기

남도 삼백 리.

술 익는 마을마다
타는 저녁놀.

구름에 달 가듯이
가는 나그네.

— 박목월, 〈나그네〉 전문

088 | 직유법과 은유법의 차이

'무엇은 무엇과 같다' 고 할 때 그것은 직유법이다.

· 옥색 비단을 깔아놓은 것 <u>같은</u> 강
· 진한 쑥물을 부려놓은 <u>듯한</u> 산
· 쪽물을 들여놓은 <u>듯싶은</u> 하늘
· 늦은 가을 아스팔트 바닥에는 은행잎들이 노랑나비들의 시체<u>처럼</u> 퍼덕거리고 있었다.
· 함박꽃<u>마냥</u> 탐스런 눈송이가 쏟아지고 있었다.
· 황소<u>같이</u> 큰 파도들이 모래톱을 들이받고 있었다.
· 직유법은 안내원이나 누님<u>처럼</u> 다정다감한 비유법이다.

밤중을 지난 무렵인지 죽은 <u>듯이</u> 고요한 속에서 짐승 같은 달의 숨소리가 손에 잡힐 <u>듯이</u> 들리며, 콩 포기와 옥수수 잎새가 한층 달에 푸르게 젖었다. 산허리는 온통 메밀밭이어서 피기 시작한 꽃이 소금을 뿌린 <u>듯이</u> 흐뭇한 달빛에 숨이 막힐 지경이다. 붉은 대궁이 향기 <u>같이</u> 애잔하고 나귀의 걸음도 시원하다.

—이효석, 〈메밀꽃 필 무렵〉 중에서

직유법은 비유법 가운데서 가장 소박하고 친근한 비유이다. 어렵거나 까다롭지도 않다. 길눈이 어두운 사람을 친절하게 손잡아 안내해주는 예쁜 안내원이나 누님처럼 다정다감한 비유법이다. 그만큼 호소력이 강하다.

직유법은 표현하고자 하는 대상, 즉 '원래의 생각(원관념)'에다가 '비유가 동원된 생각(보조 관념)'을 고리로 연결해놓은 것이다. 손을 잡아 안내해주는 고리들은 '~처럼' '~듯이' '~같이' '~듯 싶다' '~마냥' '~인 양' 등이 쓰인다. 그래서 직유법은 '무엇은 무엇과 같다'의 형태를 띠게 된다. 하나의 문장 속에 '원래의 생각'과 '비유가 동원된 생각'이 어우러져 그 의미를 더욱 생생하게 드러내준다. 이때 이 둘 사이에는 반드시 같거나 비슷한 점이 있어야 한다.

'황소같이 큰 파도들이 모래톱을 들이받고 있었다'를 도식화해보면 다음과 같다.

· 파도=원래의 생각

· 황소=비유가 동원된 생각

· 같이=위의 두 개념을 연결시켜주는 고리

　여기에서 '원래의 생각' 과 '비유가 동원된 생각' 은 '크다' 는 점에서 같다고 할 수 있다.

　'무엇은 무엇이다' 라고 표현할 때 그것은 은유법이다.

　직유법보다 약간 어렵게 느껴지는 것이 은유법이다. 은유법은 직유법에서 사용하던 연결 고리를 생략한 모양새이다. 그래서 은유법은 '무엇은 무엇이다' 의 모양으로 나타난다. '황소같이 큰 파도들이' 라는 말을 은유법으로 바꾸려면 '같이' 를 생략하면 된다. 즉 '파도는 황소이다' 가 그것이다. 그러면 밑줄 친 부분에 유의하면서, 아래의 예문들을 살펴보도록 하자.

〈예문〉

고독은 나의 광장

나의 침실

나의 우주

나의 초원

—조병화, 〈고독〉 중에서

수필은 청자 연적이다. 수필은 난(蘭)이요, 학이요, 청초하고 몸맵시 날렵한 여인이다. 수필은 그 여인이 걸어가는 숲속으로 난, 평탄하고 고요한 길이다. 수필은 가로수 늘어진 페이브먼트(포장한 길)가 될 수도 있다. 그러나 그 길은 깨끗하고 사람이 적게 다니는 주택가에 있다.
—피천득, 〈수필〉 중에서

앞에서 직유법의 예로 들었던 문장을 모두 은유법으로 바꾸어 보도록 하자.

· 옥색 비단을 깔아놓은 것 같은 강→강은 옥색 비단이다.
· 진한 쑥물을 부려놓은 듯한 산→산은 진한 쑥물이다.
· 쪽물을 들여놓은 듯싶은 하늘→하늘은 쪽물이다.
· 늦은 가을 아스팔트 바닥에는 은행잎들이 노랑나비들의 시체처럼 퍼덕거리고 있었다. →은행잎들은 노랑나비들의 시체이다.
· 함박꽃마냥 탐스런 눈송이가 쏟아지고 있었다. →눈송이는 함박꽃이다.
· 황소같이 큰 파도들이 모래톱을 들이받고 있었다. →파도는 황소이다.
· 직유법은 안내원이나 누님처럼 다정다감한 비유법이다. →직유법은 안내원이나 누님이다.

직유법과 은유법은 어떤 차이가 있을까?
직유법은 그 뜻을 쉽게 알 수 있어 친근하고 소탈한 반면, 연결

고리를 붙이기 때문에 조금은 너덜너덜해 보인다. 이에 비해 은유법은 그 연결 고리를 생략하기 때문에 깨끗하고 산뜻한 느낌을 준다. 그런 만큼 은유법은 좀 거만해 보이고 쌀쌀해 보인다고 할까.

하지만 이 둘 가운데 어느 것이 더 훌륭하다고 한마디로 잘라 말할 수는 없다. 둘 다 그 나름의 장·단점이 있으니까 글을 쓰면서 직유법으로 쓸 것인가, 은유법으로 쓸 것인가 하는 것은 그 글을 쓰는 사람의 성격이나 취향에 따라 다를 뿐이다.

089 | 상징법으로 글의 품격을 높여라

상징법은 구체적인 사물에 빗대어 표현하는 비유법이다.

한 남자는 장미 한 송이를 사서 여자의 손에 쥐어주었다. 그러고 난 며칠 후, 그 남자가 사랑하는 여자를 다시 만났을 때, 여자는 그 남자에게 백합 한 송이를 수줍게 내밀었다.

그 남자는 장미를 통해 무슨 말을 하려 했을까? 또 그가 사랑하는 여자는 하고 많은 꽃들 중에서 하필이면 왜 백합을 그에게 내밀었을까?

장미는 '정열적인 사랑'을 상징하고, 백합은 '순결'을 상징한다고 한다. 그렇다면 그 남자는 "나는 당신을 정열적으로 사랑합니다"라고 말한 셈이고, 여자는 "저는 순결합니다"라고 말한 셈이 된다.

모든 사람들에게 한 시울의 눈물을 줄 수 있는 작은 책

여기서 '눈물'은 무엇인가를 상징하고 있다. 무엇을 상징하고 있는지는 문장 속에 구체적으로 드러나 있지 않다. 하지만 우리는 '눈물'이 어떠한 '감동'이나 '공감'을 의미한다는 것을 금방 알아챌 수 있다.

'장미'를 가지고, 직유법과 은유법, 상징법의 차이를 살펴보자.

	원래의 말(생각)	연결고리	비유가 동원된 말(생각)
직유법	정열적인 사랑	처럼	빨간 장미
	→ 빨간 장미처럼 정열적인 사랑		
은유법	내 사랑은	생략	빨간 장미
	→ 내 사랑은 빨간 장미이다.		
상징법	생략	생략	빨간 장미
	→ 장미		

상징법은 일상생활 속에서도 흔히 쓰인다.

· 깃발 : 그 나라, 그 학교, 그 단체를 상징한다.
· 국화(나라꽃) : 그 나라 그 민족의 국민성과 민족성을 상징한다. 우리의 나라꽃은 무궁화이고, 북한의 나라꽃은 목란이며, 일본의 나라꽃은 벚꽃이다.
· 황금 : 재물을 상징한다. 예) 황금 보기를 돌같이 하라. 황금에 눈이

어두워서 등등.

· 우리의 태양 : 우리들의 희망, 우상을 상징한다.

· 서울의 달 : 서울 지방의 가난한 사람들의 꿈을 상징한다. 여기에서
  꿈은 신분 상승을 위한 노력을 뜻한다.

· 뿌리 : 전통, 근본을 상징한다.

· 날개 : 자유나 상승할 수 있는 도구를 상징한다.

또한 상징법은 산문보다는 시에서 더 많이 쓰인다.

〈예문〉

창공을 움켜쥔 적이 있었다.

창공도 별것이 아니다.

내 손아귀 속에서 펄럭펄럭 가슴 두근거리고 있었다.

처마 구멍에 그물을 받치고 잡아낸 참새 한 마리

그 참새와 한 구멍에 있다가 푸르륵

어둠을 가르고 날아간 다른 참새는

어느 창공을 헤매고 있을까

그때 실수로 날려 보낸 참새의

발목에 묶어놓은 내 가슴속의 명주실꾸리는 계속 풀렸고 어른이 되

었다.

나는 지금 내 손아귀 속에 가슴 두근거리던

그 참새같이 누군가의 거대한 손아귀에

잡혀 있다. 그는 나를 놓아주지 않는다.

서울에서 부산으로

부산에서 제주로

제주에서 광주로

광주에서 서울로

날고 또 날아보아도 나는

내내 붙잡혀 있는 참새 한 마리일 뿐.

―〈새〉 전문

여기서 '새'는 자유를 상징한다. 또 그것을 붙잡고 있는 것은 그 새를 억압하는 어떤 거대한 존재이다. 다시 말해, 사람의 힘으로는 어찌할 수 없는 하느님이라든지 부처님이라든지, 혹은 나를 지배하는 사랑하는 사람들이다.

090

의인법으로
자연이나 사물을 친근하게 표현하라

의인법은 사물이나 동물도 사람처럼 생각하는 비유법이다.

의인법은 세상에 존재하는 모든 것을 사람으로 여기고, 그것의 모양새나 움직임을 사람의 그것인 것처럼 표현하는 방법이다.

· 간지럼을 먹이듯 불어오는 따스한 바람에 부끄러워 고개 숙이는 아카시아 잎사귀들

· 잉크병, 그는 언제나 말없이 앉아 있다.

· 도시락 뚜껑은 나를 향해 눈물을 흘리고 있었다.

〈예문〉

　함께 늙어온 그와 나는 늘 서로의 눈을 들여다보곤 한다. 내 우울을 먼저 알고 그는 꼬리를 치면서 산책을 하자고 조른다. 그는 앓을 때 나한테 미안해한다. 나를 위하여 함께 즐길 수 없음을 사과하듯이 여리게 꼬리를 치면서 안타까워한다.

—〈개에 관한 이야기〉중에서

091 | 활유법으로 생명을 불어넣어라

활유법은 죽어 있는 것에게 생명을 불어넣는 비유법이다.

우주 속에는 살아 있는 것(생물)과 죽어 있는 것(무생물)들이 있다. 가령 바위나 돌이나 산이나 강이나 바다는 죽어 있는 것이고, 사람, 뱀, 닭, 소, 소나무, 메뚜기, 파리, 벌, 애벌레 따위는 살아 있는 것이다. 죽어 있는 것들을 살아 있는 것처럼 표현하는 방법이 활유법이다.

· 강물은 슬피 울면서 꿈틀거리며 달려가고 있었다.
· 푸나무들도 우쭐우쭐 춤을 추고, 시냇물도 소리쳐 노래하고 있었다.
· 자동차들은 눈을 부릅뜨고 식식거렸다.

〈예문〉

풀이 눕는다.
비를 몰아오는 동풍에 나부껴
풀은 눕고
드디어 울었다.
날이 흐려서 더 울다가
다시 누웠다.

—김수영, 〈풀〉 중에서

시(市)를 남북으로 나누며 달리는 철도는 항만의 끝에 이르러서야 잘려졌다. 석탄을 싣고 온 화차(貨車)는 자칫 바다에 빠뜨릴 듯할 머리를 위태롭게 사리며 깜짝 놀라 멎고, 그 서슬에 밑구멍으로 주르르 석탄 가루를 흘려보냈다.

—오정희, 〈중국인 거리〉 중에서

활유법과 의인법은 어떻게 다를까?
의인법은 반드시 그 대상을 사람으로 여기고 표현하는 것이며, 활유법은 책상이나 바위 같은 무생물들을 생물로 여기고 표현한다는 것이 그 차이점이다.

092 | 풍유법으로 진리를 에둘러 표현하라.

풍유법은 사람들의 잘못을 꼬집는 비유법이다.

(가) 당나귀 두 마리가 길을 가고 있었다. 앞에 가는 당나귀는 황금 보
따리를 싣고 가고, 뒤에 가는 당나귀는 보리 자루를 싣고 갔다. 황
금을 실은 당나귀는 기세당당하게 갔으므로 방울이 요란스럽게 딸
랑거렸고, 보리를 실은 당나귀는 기가 죽어 있었으므로 방울 소리
가 그리 크게 나지 않았다.

얼마나 갔을까. 별안간 산모퉁이에서 도둑들이 나타나더니 방울
소리가 요란한 당나귀를 죽여버린 뒤, 황금을 모두 빼앗아 갔다. 살
아난 당나귀는 후유 하고 안도의 숨을 내쉬면서 생각했다. 황금을
싣지 않기를 얼마나 잘 한 일이냐, 하고.

(나) 이 세상에서는 너무 호화롭고 너무 당당하고 너무 오만하면, 사람
들의 표적이 되어 해를 입을 수 있는 법이다.

—《이솝 우화》 중에서

이러한 것을 풍유법이라고 한다.

(가)에서는 동물들의 이야기를 그냥 재미있게 늘어놓았고, (나)
에서는 독자들에게 경고를 하고 있다.

· 송충이는 솔잎을 먹어야지 갈잎을 먹으면 죽는다.
· 혹을 떼러 갔다가 되레 하나 더 붙이고 왔다.
· 초저녁에는 살이 통통하게 찐 암송아지나 한 마리 잡았으면 하고 바
  라던 호랑이가, 새벽녘 되니까 비루먹은 강아지라도, 쥐나 개구리라
  도, 하루살이라도 한 마리 잡혔으면 한다.
· 하룻강아지 호랑이 무서운 줄 모른다.

이러한 속담을 비유로 표현하는 것도 풍유법이다. 즉 풍유법은
인간들의 잘못된 행동을 직접적으로 꼬집는 것이 아니라, 속담이
나 우화 등에 빗대어 표현하는 방법이다.

속담은 선조들로부터 전해 내려온 보석 같은 지혜의 말이다.
민족의 정서가 고스란히 담겨 있으므로 해학이 있고, 재치가 깃
들어 있다. 우리 민족의 생활과 정서를 잘 이해하고, 그것을 잘 드
러내는 글을 쓰려면 속담 공부를 하는 것이 좋다. 그리하여 글을
쓸 때 속담을 직접 활용해본다면 더욱 유익할 것이다.

093

반어법으로 진리를 표현하라

반어법은 반대되는 말을 겉으로 내세우고 진리를 속에 감추는 표현법이다.

이성계는 무학대사를 시험해보기 위해 "자세히 보면 대사는 영락없는 돼지야" 하고 말했다. 무학대사는 얼굴빛 하나 변함없이 말했다.

"상감께서는 부처님 같사옵니다."

그 일이 있고 난 며칠 뒤, 한 신하가 무학대사를 추궁하였다.

"대사께서는 어찌하여 그러한 모욕을 당하고도 화 한번 내지 않고, 도리어 왕에게 아첨만 하셨소이까?"

무학대사는 신하의 말을 듣고 빙그레 웃으면서 대답했다.

"당연하지 않습니까? 돼지의 눈에는 돼지만 보이고, 부처님 눈에는 부처님만 보이는 법이니까요."

옛날 이름 높은 스님들이 주고받았다는 말(선문답)들에는 이렇 듯 우리들의 마음을 통쾌하게 씻어주는 맛이 있다.

이성계가 "대사는 영락없는 돼지야"라고 한 말은 언뜻 보기에 하나의 은유법에 지나지 않는다. 또 무학대사가 "상감께서는 부처님 같사옵니다"라고 한 것도 직유법에 지나지 않는다. 그러나 훗날 무학대사가 신하에게 한 말에는 어마어마한 뜻이 숨어 있다.

"돼지의 눈에는 돼지만 보이고, 부처님의 눈에는 부처님만 보인다."

무학대사를 돼지라고 말한 이성계는 돼지처럼 천하고 안목 없는 눈을 가진 사람이 되고, 이성계를 부처님이라고 한 무학대사는 부처님처럼 지혜로운 눈을 가진 자비로운 사람이 되는 것이다.

이와 같이 나타내려는 뜻과 반대되는 말을 앞으로 내세우는 표현법을 반어법이라고 한다. 가령, 어른이 타이르는 말을 듣지 않은 채 장난을 치고 까불거리던 아이가 땅바닥에 넘어졌다고 하자. 그때 어른들은 대개 "아이고, 잘한다!" 하고 말한다. 그러나 그것은 '진정으로 잘했다'는 뜻도 아니고, '아이고, 네가 다치니 내 마음이 시원하다'는 뜻도 아니다. '그것 보아라. 어른 말을 듣지 않더니 그렇게 다치지 않느냐? 앞으로는 어른의 타이름을 잘 받아들여야 한다. 알겠느냐?' 하는 뜻인 것이다.

이러한 반어법에는 상대방을 비꼬아서, 말하려 하는 의미를 한층 더 강조하는 익살과 해학과 유머가 담겨 있다.

094

도치법으로 강조하라

도치법은 문장의 순서를 바꿔놓는 표현법이다. 문장의 배열 순서를 바꾸어놓음으로써 강한 인상을 주는 표현법을 도치법이라고 한다. 이것은 흔히 특정한 내용을 강조하려 할 때나, 문장에 변화를 주려고 할 때에 쓴다.

· 보고 싶어요, 붉은 산이, 그리고 흰 옷이!
· 보십시오, 얼마나 장엄한지를.
· 안녕하십니까, 여러분.
· 왔구나, 봄이.
· 울렸네, 새벽종이.

이 문장들은 모두 문장의 배열 순서를 앞뒤로 바꿔놓은 것이
다. 그 바뀐 순서를 제자리에 놓으면 다음과 같다.

· 붉은 산이, 그리고 흰 옷이 보고 싶어요!
· 얼마나 장엄한지를 보십시오.
· 여러분, 안녕하십니까.
· 봄이 왔구나.
· 새벽종이 울렸네.

〈예문〉

가노라 삼각산아, 다시 보자 한강수야,
고국 산천을 떠나고자 하랴마는
시절이 하 수상하니 올동말동하여라.

　　　　　　　　　　　　　　　　—김상헌의 시조

그 색시 서럽다. 그 얼굴 그 동자가
가을 하늘가에 도는 바람 씻긴 구름 조각
핼쑥하고 서느라워 어디로 떠갔으랴.
그 색시 서럽다. 옛날의 옛날의.

　　　　　　　　　　　　—김영랑, 〈그 색시 서럽다〉 중에서

095 | 인용법으로 글의 권위를 세워라

인용법은 다른 사람의 말을 인용하는 표현법이다. 다른 사람의 말이나 격언, 속담, 일화 등을 인용하여 자기 주장을 뒷받침하는 것이다. 이러한 표현법을 우리는 인용법이라 한다.

적절한 인용은 자기주장에 대한 신뢰도를 높이고, 또 글의 흐름에 변화를 주어 단조로움을 피할 수 있게 한다.

〈예문〉

· 일찍이 타고르가 '한국은 동방의 등불' 이라고 말했듯이…….
· 석가모니가 마음을 비우라고 한 것처럼, 우리도 겸허한 마음으로 그

일에 착수해야 한다.

· 예수가 가난한 자는 복이 있다고 했듯이, 헛욕심을 부리지 않고 성실하게 사는 사람은 반드시 복을 받게 된다.

· 인생은 짧고, 예술은 길다고 누군가 그랬듯이…….

· 어느 성인이, 다른 사람을 사랑하면 그 사람들이 자기를 마찬가지로 사랑해준다고 말했듯이…….

096

문답법으로 글에 변화를 주어라

문답법은 스스로 묻고 대답하는 표현법이다.

글 쓰는 사람이 스스로 묻고 대답하는 문답법은 답답하고 지리한 글에 변화를 줄 뿐만 아니라, 읽는 이로 하여금 생각을 하게 하는 효과가 있다. 이 문답법은 읽는 이들을 글 속으로 끌어들이는 강한 힘이 있어서 연설문에 많이 쓰인다.

· 우리는 왜 자연을 보호해야 합니까? 그것은 자연이 곧 우리를 보호하기 때문입니다.

(가) 여러분은 왜 공부를 해야 하는가. 정녕 누구를 위해서 하는 공부인가. 부모를 위해서인가, 형제들을 위해서인가.

(나) 내가 공부를 하는 것은 지금보다 더 나은 삶을 살기 위해서이며, 또한 나의 발전을 위해서이다. 그리고 나의 발전은 나라와 민족과 인류의 발전을 가져오는 것이다.

(가)에서는 질문을 던져서 읽는 이의 생각을 유도한 다음 (나)에서는 대답을 했다. 그 대답은 곧 글쓴이의 주장이라고 할 수 있다.

| 점층법으로 독자의 주의를 끌어라

점층법은 그 정도나 범위를 점차 높여가는 표현법이다.

지도책을 펴보면, 산에는 낮은 곳에서 높은 곳으로 올라가는 등고선이 그려져 있다. 정상까지 제대로 오르기 위해서는 그 등고선에 따라 한 걸음씩 한 걸음씩 위쪽으로 올라가야 한다. 글도 마찬가지이다. 가장 작은 것에서 점차 큰 것으로 나아가거나, 아니면 덜 중요한 것에서부터 점점 더 중요한 것으로 나아가야 한다.

사람은 집에서는 부모의 아들딸 노릇을 해야 하고, 학교에서는 그 학교의 학생 노릇을 해야 하고, 동네에서는 동네 사람 노릇을 해야 하고, 그 민족 속에서는 민족의 한 구성원 노릇을 해야 하고, 그 나라 안에서는 그 나라의 국민 노릇, 더 나아가 세계에서는 세계인으로서의 노릇을 충실히 하지 않으면 안 된다.

한마디 한마디를 더할 때마다 그 정도나 범위, 또는 그 중요성이나 강도를 점점 높여가는 표현법을 점층법이라 한다. 처음에는 작은 이야기로 시작해서 읽는 이를 잔잔히 끌어들이다가, 나중에는 읽는 이의 감정을 최고조로 이끌어갈 수 있기 때문에 점층법도 문답법처럼 연설문에 많이 쓰인다.

점강법은 점층법과 반대되는 표현법이다. 다시 말하면 점강법은 큰 데서 작은 데로 조금씩 좁혀가는 표현 방법을 가리킨다.

저 끝에선 황소만 하게 밀려오던 파도가 방파제께로 올수록 작아져 강아지만 해지고 곧 암탉으로 되더니, 이윽고 둑에 철썩 부딪히면서 점점이 물보라를 일으키며 사라진다.

점강법은 점점 범위를 좁혀가면서 글의 내용을 강조한다.

098 | 열거법으로 내용을 강조하라

열거법은 비슷한 것들을 죽 늘어놓는 표현법이다.

열거법은 서로 비슷한 성격을 지닌 낱말들을 죽 늘어놓음으로써 그 내용을 강조하는 표현법이다.

- 들국화, 쑥부쟁이, 코스모스, 장다리는 모두 가을 꽃이다.
- 들판 한가운데 서있는 한 그루의 소나무는 무척 외로워 보이지만 사실은 그렇지 않다. 그의 옆에는 들과 강과 바다를 건너온 바람이 있고, 또 구름과 별과 달과 해와 이슬, 그리고 합창하는 새들과 벌레들이 열심히 자기 표현을 하고 있으므로.

6부
논술 쓰기의 비법

논술이 어떤 글인가를 먼저 파악하라. 논술은 현실적인 문제에 대하여 자기 의견을 내세우는 글이다. 논술 쓰는 방법을 확실하게 알아라. 논술은 쉬운 말로 알기 쉽고 조리 있게 써야 한다. 논술에서는 자신의 견해가 곧 주제이다. 논술에 있어서 주의 주장, 즉 주제는 토론을 가능하게 한다.

연역법이란 무엇인가

일반적인 원리를 근거로 해서 특수한 사실의 어떠함을 주장하는 방법을 연역법이라 한다.

〈예문〉

개는 죽는다.(주장)

사자도 죽고 호랑이도 죽고 노루도 죽고 모든 동물은 결국 죽는다.(대전제)

개는 동물이다.(소전제)

그러므로 개는 결국 죽는다.(결론, 혹은 주장)

100 귀납법이란 무엇인가

구체적인 여러 가지 사실들을 근거로 하여 일반적인 원리를 찾아내는 방법은 귀납법이다.

〈예문〉

모든 짐승들은 새끼를 낳는다. (주장)

(다음은 논증이다.)

사자는 새끼를 낳는다, 호랑이도 새끼를 낳는다. 개도 노루도 새끼를 낳는다.(공통된 특수 사실들)

사자, 호랑이, 개, 노루는 짐승이다.(공통점)

그러므로 모든 짐승은 알을 낳는다.(결론)

101 | 유추법이란 무엇인가

유추법은 개별적이고 구체적인 사실들이 지닌 몇 가지 유사점, 공통점을 근거로 삼아, 그것들 사이에 또 다른 유사점, 공통점이 있을 것이라고 판단하는 논증 방법이다.

〈예문〉

소라고둥의 나선은 오른쪽으로 돈다.
하늘에서 보면 태풍의 눈도 오른쪽으로 돈다.
개숫물도 오른쪽으로 돈다.
나팔꽃도 오른쪽으로 돌면서 올라간다.

시계도 오른쪽으로 돈다.
사람의 가마도 오른쪽으로 돈다.

위의 모든 것들은 다 유사한 공통점을 가지고 있다.

눈에 보이지 않은 사람의 영혼도 오른쪽으로 돌 가능성이 있다.(위에
서 확인되는 점)
사람은 올바른 쪽으로 살아가도록 타고났다고 말할 수 있다.

예상되는 점이자 결론이다.

102 | 논술로써 주의 주장을 당당하게 펴라

첫째, 논술이 어떤 글인가를 먼저 파악하라.

시 소설 수필이 부드럽고 서정적인 글이라면, 논술은 강하고 건조한 글이다. 그렇다고 해서 논술이 어려운 한자말이나 학문 용어를 동원하여 주의 주장을 까다롭고 어렵게 진술하는 글이라는 것은 아니다.

논술은 현실적인 어떤 문제에 관하여, 자기가 아는 쉬운 말로 자기 의견을 내세우는 글이다.

둘째, 논술 쓰는 방법을 확실하게 알아라.

자기 글을 읽는 사람에게 자기의 주의 주장을 이해시키고, 그 주장에 찬성하고 동조하도록 이끌어야 한다.

논술은 쉬운 말로 알기 쉽고 조리 있게 써야 한다.

셋째, 자기의 '주의 주장'이란 무엇인가?

김소월의 〈진달래꽃〉을 예로 들어 말하겠다.

나보기가 역겨워

가실 때에는

말없이 고이 보내드리우리다.

영변에 약산

진달래꽃

아름 따다 가실 길에 뿌리우리다.

가시는 걸음걸음 놓인 그 꽃을

사뿐히 즈려 밟고 가시옵소서.

나 보기가 역겨워 가실 때에는

죽어도 아니 눈물 흘리우리다.

'이 시는 이별가인가' '진달래꽃의 정서를 표현한 것인가', 하고 묻는다면 그대는 무어라 대답할 것인가.

(가) 이별가이다. (나) 아니다, 그냥 진달래꽃의 정서를 표현한 시일 뿐이다.

여기서 (가), (나)는 자기의 견해, 즉 주의 주장이다.

넷째, 논술에서 '주제'란 무엇인가를 알아야 한다

자기의 견해, 즉 주의 주장이 주제이다.

논술에서는 "진달래꽃에 대하여"라는 말은 주제가 될 수 없다. "진달래꽃은 이별가 즉, 진달래꽃은 이별의 슬픔을 노래한 시이다"라고 단정적으로 말한다든지, 혹은 "진달래꽃은 흔히 이별가라고 오해하고 있지만 사실은 진달래꽃의 정서를 표현하고 있을 뿐이다" 하고 부정하고 나서 새로운 긍정을 내세우는 것, 이것이 주제인 것이다.

논술에 있어서 주의 주장, 즉 주제는 토론을 가능하게 한다.

103 | 주의 주장을 조리 있게 펼쳐라

주제를 조리 있게 서술하기 위하여, 서론 · 본론 · 결론으로 나누어 진술한다.

서론은 어떻게 쓰는가?
먼저 문제를 제기한다. 결론적인 주장을 미리 내세워 강한 인상을 남기는 수도 있다.

김소월의 〈진달래꽃〉은 이별의 정한을 노래한 시이다.
김소월의 〈진달래꽃〉은 그 꽃의 정서를 표현하고 있는 시이다.

이것은 하나의 문제 제기로서 논술의 결론이면서 동시에 서론이기도 하다. 서론에서는 자기가 '그 문제를 제기하게 된 동기'와 그 '문제의 중요성'을 간단하게 진술해야 한다.

자기가 그 문제를 제기한 동기와 그 문제의 중요성에 대한 설명은 어떻게 하는가?

김소월의 〈진달래꽃〉은 그 꽃의 정서를 표현하고 있는 시이다.

만일 이것을 주제로 삼았다면 먼저 〈진달래꽃〉은 이별의 슬픔을 노래한 시라고 '오해되고 있는 문제점'을 말해야 한다. 다음은 그 문제가 얼마나 중요한가에 대하여 설명해야 한다. 즉, 이별가라는 오해 때문에, 〈진달래꽃〉이란 시가 가진 문학성이 훼손되고 있다는 점을 말해야 한다.

104 논술의 본론을 충실하게 써라

자기가 제기한 문제를 본론에서 구체적으로 풀이하고, 주장할 의견에 대하여 이론적으로 근거와 여러 가지 증거를 제시해야 한다. 이것을 논증과 추론이라고 한다.

권위 있는 사람의 의견(글)을 인용하여 근거로 제시하기도 하고, 자기의 견해의 타당성을 강조하기도 하고, 반대 의견과 비교하기도 한다.

〈예문〉

〈진달래꽃〉이란 시는 하나의 비유 덩어리이다. 무엇에 무엇을 비유한
것인가.

진달래꽃이 가지고 있는 정서=슬픈 정한을 가슴에 품고 있을 뿐 그것
을 앙탈하듯이 드러내거나 떼를 쓰지 않고 희생하고, 받는 사랑을 하
는 것이 아니라 오직 순수하게 주는 사랑을 하고 있을 뿐인 조선 여인

위와 같은 등식이 성립된다는 것은 이 시의 비유가 아주 적절하다는 것
이다.

이 시를 이별의 슬픔을 노래한 시라고 말하는 것은, 나무만 볼 뿐 숲을
보지 못한 시각을 가진 사람들의 견해이다. 만일 김소월이 이 시를 이별가
로 생각하고 썼다면 제목을 '진달래꽃'이라고 붙이지 않고, '떠나가는 님
을 위하여' 혹은 '이별'이나 '나 보기가 역겨워 가실 때에는' 이런 식의
제목을 붙였을 것이다.

고려가요인 〈가시리〉를 예로 들어보자. 이 가요는 이별가이다.

가시렵니까 날 버리고 가시렵니까
잡아두고 싶지만 만일 그러하면
그로 인해 서운해져서 영영 오지 않을까 하여
설운님 보내오니 가시는 듯 곧 되짚어 오십시오.

이별가인 〈가시리〉와 〈진달래꽃〉은 확연히 다르다. 김소월은 슬픈 정한을 가슴에 품고 있을 뿐 그것을 앙탈하듯이 드러내거나 떼를 쓰지 않고 희생하고, 받는 사랑을 하는 것이 아니고, 오직 순수하게 주는 사랑을 하고 있을 뿐인 조선 여인을 이 '진달래꽃'에 비유한 것이다.

시에는 어떤 대상의 성질과 모습을 묘사적으로 표현한 시와, 그 대상 속에 들어 있는 정서와 심성을 어떤 일화(서사성)를 통해 함축적으로 표현한 시가 있는데 〈진달래꽃〉이 바로 그러한 시인 것이다.

한 문학평론가는 그의 한 논문에서 〈진달래꽃〉을 이별가라고 말한 것은 잘못이라고 말했다.

105 결론을 인상 깊게 써라

결론에서는 서론에서 이미 한 주장을 여기에서 거듭 강조하고, 본론에서 논증한 자기의 견해를 확실하게 독자에게 다시 강조해야 한다.

〈예문〉

위에서 살펴 본 바와 같이, 김소월의 〈진달래꽃〉은 그 꽃의 정서를 표현하는 시일 뿐 이별을 노래한 시가 아니다. 이 시를 이별가라고 말하는 것은, 숲을 보지 못하고 나무만 보는 잘못된 시각에서 한 말이다.

김소월은 슬픈 정한을 가슴에 품고 있을 뿐 그것을 앙탈하듯이 드러내

거나 떼를 쓰지 않고 희생하고, 받는 사랑을 하는 것이 아니고, 오직 주는
사랑을 할 뿐인 조선 여인의 정서와 정한이 '진달래꽃' 속에 담겨 있다고
본 것이다.

106 | 신빙성 · 타당성 · 건전성을 잃지 마라

　논증을 할 때에는 근거에 신빙성이 있어야 한다. 논증에 타당성이 있어야 한다. 주장에 건전성이 있어야 한다.

　억지 주장을 하면 안 된다. 논거가 보편타당성을 가져야 독자가 수긍하고 따른다. 독자의 이성에 호소할 수 있는 증거를 대야 한다.

　해는, 사실은 동쪽에서 떠서 서쪽으로 지는 것이 아니다.(주장)

　해는 제자리에 가만히 서있는데, 우리가 살고 있는 둥근 지구가 서쪽에서 동쪽으로 돌고 있으므로, 해가 동쪽에서 떴다가 서쪽으로 지는 것처럼 보이는 것일 뿐이다. 사실에 있어서, 해는 제자리에 가만히 서있는 것이다.(합당한 근거)

남의 논리를 깼다면 그 자리에 자기의 논리를 다시 세워야 한다. 자기의 온당한 논리를 세우지 않으면 그것은 억지 주장이 된다.

예를 들어 프랑스의 소설가 로맹가리의 단편소설 《새들은 페루에 가서 죽다》에는 페루의 리마 해안에서 죽어가는 새들의 이야기가 나온다.

"그 새들이 무엇 때문에 난바다의 섬들을 떠나 리마 북쪽 10킬로미터나 떨어져 있는 이 해변에 와서 숨을 거두는 것인지 그에게 설명해줄 수 있는 사람은 아무도 없었다."

—《새들은 페루에 가서 죽다》(김화영 역)에서

이 대목을 읽으면서 내가 "로맹가리는 참으로 무식하다" 하고 말했다면 그것은 하나의 주장이다. 이 주장을 위하여 나는 증거를 다음과 같이 제시한다.

〈예문〉

그런데 페루의 리마 해안에서는 왜 그와 같이 새들 수만 마리가 죽어가는가. 과연 로맹가리의 표현처럼 "이와 같이 땅 위에 태어나서 자기의 사명을 다한 뒤에 새들은 이곳에 와서 죽는 것"일까.

로맹가리는 해류에 대해서 모르고 있었다. 동태평양의 상공에는 고기압이 늘 머물러 있다. 고기압은 바람을 만들고 그것은 적도 쪽으로 불어간다. 이 바람이 북반구에서는 북동풍이고 남반구에서는 남동풍이다. 말하자면 무역풍이다. 이 무역풍은 일년 내내 부는 바람인데, 대기가 지구 표면을 순환하면서 생기는 큰 바람인 것이다.

이 무역풍으로 인해서 적도 남쪽 동태평양의 따뜻한 해류가 서쪽 인도네시아 부근까지 흘러가면 태평양 동쪽, 말하자면 남아메리카 대륙 서쪽의 페루 앞바다 깊은 곳에서는 차가운 해류가 솟구쳐 올라온다. 이 차가운 훔볼트 해류에는 영양 염류가 많이 녹아 있어 식물성 플랑크톤 동물성 플랑크톤이 많다. 이것을 보고 멸치 떼가 몰려오고 그것들을 잡아먹으려는 수많은 고기들이 몰려들고 그 고기들을 잡아먹으려는 새 떼들이 몰려온다. 페루가 세계 최대의 수산물 수출국이 된 것은 이 까닭이다.

그런데 무슨 이유에서인지 이러한 현상이 나타나지 않는 수가 있다. 서태평양에 발달한 저기압이 동쪽으로 이동하면 동태평양의 고기압이 약해지고 무역풍의 기세도 꺾여버린다. 그러면 바람이 서쪽에서 불어와 해면의 바닷물이 오히려 동쪽으로 밀려온다. 따뜻하고 염분이 높은 해류가 파나마 만에서 페루 리마 남쪽까지 발달한다. 이렇게 동태평양의 표면 해수 온도가 보통 때와 달리 올라가면 차가운 해류가 솟구쳐 올라오지 못한다. 자연 차가운 물에 사는 플랑크톤을 먹으려는 멸치가 오지 않고, 그러면 그 멸치 떼를 먹으려는 다른 고기들이 오지 않고, 새들은 굶어죽지 않을 수가 없게 된다.

이 현상이 매년 크리스마스를 전후하여 생긴다. 페루와 에콰도르 어부들은 크리스마스에 태어난 아기예수를 생각하여, 흉어를 몰고 오는 그 해류를 "엘니뇨(남자 아이)"라고 부른다.

위에서 나는 로맹가리가 해류에 대한 지식이 부족했음을 증명했다. 그리고 다음과 같이 결론을 내렸다.

로맹가리가 페루 리마 해안에서 죽어가는 새들이 엘니뇨 현상으로 말미암아 굶어 죽어간다는 사실을 알았다면, 그는 소설 《새들은 페루에 가서 죽다》를 그와 같이 쓸 수 없었을 것이다.

다음의 대목은 사족이므로 논술에서는 쓰지 않아야 한다.

무식은 무서운 것이다. 그렇지만 뜻밖의 재미있는 일을 만들어내기도 한다. 무식은 우리로 하여금 용감하게 무슨 일인가를 저지르게 하고 그 나름으로의 상상력을 발휘하게 한다. 세상은 적당하게 무식하게 살 필요도 있는 것 아닐까.

107

우리 삶의 큰 원리를 알아야 한다

성인들은 어짊(仁)과 착함과 사랑과 자비와 하늘의 명령을 큰 원리로 삼았다. 실학자인 다산 정약용은 어짊과 최고의 착함을, 효와 아랫사람을 사랑하는 것과 못사는 사람을 돌보아주는 것이라고 보았다. 즉 '효 · 제 · 자'이다.

큰 원리는 인간의 도덕률이다.

그러면 도덕률이란 것은 무엇인가?

가장 큰 원리인 도덕률은 인간이 지닌 영혼의 지도인 셈이다. 지도 없는 배와 비행기가 밤과 안개 속에서 방황하듯이 영혼의 지도인 도덕률이 없거나 불확실한 인간은 암초에 부딪치기도 하고 죽음과 지옥으로 떨어지기도 한다.

어떤 사건을 보고 어떤 방향으로 주의 주장을 펼칠 것인가 하는 것은 가치관에 따라 결정한다. 그렇다면 가치관이란 무엇인지 알아야 한다.

가치관은 무엇이 진리인가를 측량하는 잣대(표준)이다. 불의는 정의를 이기지 못하고, 정의는 진리를 이기지 못한다. 정의는 흔히 이편과 저편을 가를 때, 자기편이 하는 일을 정의라고 말할 수도 있으므로, 정의는 진리가 아닐 수 있다. 진리는 이편과 저편 모두에게 다 옳은 큰 원리이다. 그러므로 가치관은 그 큰 원리가 기준이 되어야 참으로 바람직한 것이다.

올바른 주장이란 무엇인가.

주의 주장에는 올바른 것이 있고, 올바르지 못한 것이 있다. 어떤 것이 올바르고, 어떤 것은 올바르지 않은가. 큰 원리에 따른 주의 주장은 올바른 것이고, 부수적인 작은 원리에 따른 주의 주장은 올바르지 않은 것이다.

올바르지 못한 주의 주장을 펼친 글은 아무리 논리 정연하게 쓰고, 수사법이 탁월하다 할지라도 좋은 점수를 줄 수 없다.

우리 삶의 '큰 원리'는 어디에 들어 있는가.

올바른 주의 주장을 가지려면 큰 원리를 공부해야 한다. 큰 원리는 이미 훌륭하다고 평가된바 있는 문학작품이나 논어나 맹자나 명심보감 따위의 고전이나 역사의 가르침 속에 들어 있다.

108

좋은 논술을 위한 연습문제

(가) 뱀이 바야흐로 개구리를 잡아먹고 있다. 뱀을 쳐 죽이고 개구리를 구해주어야 하는가, 잡아먹으라고 가만 놔두어야 하는가.

여기에는 두 가지의 다른 주장이 있을 수 있다. 하나는 "약자의 편을 들어주어야 한다"는 주장이고, 다른 하나는 "뱀이 개구리를 잡아먹는 것은 먹이사슬일 뿐이므로 우주적인 순리이다, 뱀도 먹고 살아야 한다, 인간이 뱀을 쳐죽이고 개구리를 구제하는 것은 인간의 오만이다, 인간은 인간 본위로만 생각하는 동물이다, 인간의 개입은 우주의 질서를 깨뜨리는 것이다"라는 주장이다.
당신은 어느 쪽 주장을 선택하겠는가.

(나) 순경이 도망가는 강도를 잡으려다가 막다른 골목에서 칼을 들고 저항하는 강도를 권총으로 쏘아 죽였다. 과연 옳은 일인가.

여기에는 두 가지 주장이 있을 수 있다. 하나는 "법에 따라 한 일이므로 살인이 아니고, 그 순경은 상을 받아야 한다"는 주장이고, 다른 하나는 "강도라 할지라도 그것은 살인이다. 순경은 강도를 잡은 공적이 있다 할지라도 처벌을 받아야 한다"는 주장이 있을 수 있다.

당신은 어떤 주장을 선택하겠는가.

(다) 가난한 사람이 아버지의 병원비를 마련하기 위하여 도둑질을 하다가 붙잡혔는데 그 행위를 어떻게 보아야 하는가.

여기에는 "효를 위하여 한 일이므로 용서해주어야 한다"는 주장이 있을 수 있고, "아버지를 구하려는 동기는 좋지만 남의 것을 훔쳤으므로 법대로 처벌해야 한다"는 주장이 있을 수 있다.

당신은 어떤 주장을 선택하겠는가.

그러면 우리는 어떤 각도로 사건(문제)을 바라보고, 주의 주장을 펼쳐가야 할까. 이 말은 '어떠한 가치관을 가지고 주제를 잡아야 할까' 하는 말과 같다.

인간이 살아가는 도리와 원리에는 큰 원리가 있고 부수적인 작은 원리가 있다. 그 사건을 볼 때, 즉 주의 주장을 펼쳐나갈 때, 우리는 큰 원리를 먼저 생각하고, 다음에는 부수적인 작은 원리를 생각해야 한다.

<연습문제1>

1. 다음의 글 속에는 어떤 퍼즐 조각들이 들어 있는지 말해보십시오.

토끼가 쫓아간 '빈 바구니' 이야기

신화와 전설 속에서 토끼와 거북이는 많은 경쟁과 내기를 하곤 했는데 그때마다 토끼가 거북이에게 참패를 당하곤 했습니다. 거듭된 패배로 말미암아 울화가 치민 토끼는 어느 해 설날 아침에 거북이에게 떡 줍기 내기를 하자고 청했습니다.

그들은 내기를 위해 마을을 돌아다니면서 떡을 구걸했습니다. 바구니에 떡이 가득 찼습니다.

"저 민둥산으로 가서 내기를 하자."

뚜껑을 단단히 덮은 다음 민둥산 꼭대기로 가지고 올라갔습니다. 오래전에 호랑이가 피우다가 버린 담배꽁초 때문에 불이 난 까닭으로 민둥산이 되어 있는 가파른 산이었습니다.

꼭대기에 이른 토끼가 제안을 했습니다.

"떡 바구니를 밑으로 굴려놓고 떡을 많이 주운 쪽이 이기는 것이다. 알겠느냐?"

거북이는 고개를 끄덕거렸습니다.

"시작하자는 말을 할 필요가 없이 바구니를 굴려놓자마자 달려가면서 줍기로 하자."

그 제안에 거북이는 고개를 끄덕거리기만 했습니다.

토끼가 바구니를 아래쪽으로 굴렸습니다. 떡 바구니는 바윗돌처럼 기세 좋게 아래쪽으로 굴러 내려갔습니다. 둘은 바구니를 향해 뛰었습니다. 바구니를 쫓아가는 데 있어서 거북이는 토끼의 상대가 될 수 없었습니다.

떡 바구니는 이미 골짜기 아래쪽 분지 한복판에서 멈추어 섰고 토끼는 재빨리 달려가서 그 바구니를 안아 들었습니다.

한데 이것이 어찌된 일입니까.

바구니 속에는 떡이 한 개도 없었습니다. 그것이 굴러 내려오는 동안 뚜껑이 열린 것이고 속에는 한 개의 떡도 들어 있지 않았습니다.

토끼는 빈 바구니를 손에 들고 허탈해했습니다. 토끼가 그 바구니만 쫓아 내려온 것을 후회하면서 그것이 굴러온 궤적을 역추적하며 떡을 찾아 두리번거리지만, 때는 이미 늦었습니다. 골짜기 아래쪽에서는 떡을 찾아볼 수 없었습니다. 위쪽으로 달려갔지만 그곳에도 떡은 없었습니다. 거북이가 이미 다 주워버린 것입니다.

땅에 흩어진 떡을 향해 기어가는 거북이의 삶과 속이 비어 있는 바구니를 향해 달려가는 토끼의 삶은 어떤 점이 같고 무엇이 다를까요.

이 시대의 화두, 우리의 '빈 바구니'

자기들의 무리를 지존파라고 명명하고 고급 승용차를 탄 자들만을 골라 강제로 끌고 가서 외딴 집 지하에 가두고 돈을 빼앗고 참혹하게 두들겨 패 죽이곤 한 젊은이들 몇이 있었습니다. 그들은 자기들이 세상으로부터 박해를 받았다고 여긴 것이었고, 그 세상을 향해 복수를 하고 있었습니다.

그들은 무엇을 얻기 위해 그런 막가는 짓을 했을까요.

언젠가 한 가난한 아버지가 어린 아들의 손가락을 자른 사건이 있었습니다. 아버지는 아들의 손가락을 실로 친친 감아 묶으면서 말했습니다.

"눈 딱 감고 조금만 참아라. 네가 참아주면 머지않아 아주 많은 돈이 생길 것이다. 그러면 아버지하고 맛있는 것 사먹으면서 좋은 옷 입고 안락하게 살 수 있게 될 것이다. 학교에도 다닐 수 있고 네 어머니도 돌아올 것이고."

아들에게 달콤한 꿈을 제시하고 아버지는 아들의 손가락을 잘라냈습니다. 그리고 그 손가락을 하수구에 버리고, 강도가 그러한 무도한 짓을 저질렀다고 신고를 했습니다.

또 어느 날 슈퍼마켓 주인 남자의 발목 둘이 모두 절단된 사건이 있었습니다. 또 어느 날에는 부산에서 한 택시 운전사의 손목과 발목이 철로에 질긴 끈으로 묶여 있었고, 기차가 그것들을 갈아버린 사건이 일어났습니다.

수사 결과 그것들은 모두 보험금을 타내기 위하여 벌인 자작극임이 밝혀졌습니다.

그보다 더욱 잔혹한 일들이 얼마든지 있습니다.

어떤 아낙은 자기 남편의 이름으로 몇 억 원짜리 보험을 들어놓고 누군
가에게 남편을 자동차로 받아 죽여달라고 청했습니다. 어떤 남자 한 사람
도 그러한 방법으로 아내를 죽였습니다. 그 일들도 금방 보험금을 노린 청
부살인이라는 사실이 드러났고 그들은 사형에 처해졌습니다.

그 자작극과 청부살인 행위를 통해 그들이 얻은 것은 무엇이고 잃은 것
은 무엇일까요.

그들의 자작극을 바라보면서 저는 토끼가 허겁지겁 쫓아간 빈 바구니
를 생각했습니다. 우리들은 모두 빈 바구니를 쫓아가는 미련스러운 토끼
의 무리 속에서 살고 있습니다. 나 스스로가 또 다른 모양새의 빈 바구니
를 쫓아가고 있는지도 모릅니다.

무엇이 '빈 바구니'를 쫓아가게 하는가

예로부터 동양이나 서양의 수많은 지혜로운 선인들은 어떻게 사는 것
이 가장 잘 사는 것인가에 대하여 고민해왔습니다. 석가모니 예수 공자 맹
자 노자 장자 소크라테스 플라톤 니체 칸트 헤겔 같은 사람들이 다 그러한
선인들입니다. 많은 시인 소설가 예술가들과 종교인들이 아름다운 마음
착한 마음으로 살아가는 법을 제시했습니다.

어떻게 살아가는 것이 가장 잘 사는 것인가(방법론)에 대한 해답을 구
하려면 먼저 우리는 왜 살아가고 있는가(존재론)를 살피지 않으면 안 됩니
다.

왜 사는가와 어떻게 살 것인가의 문제

여기 죽은 고양이의 시체 하나가 있습니다. 파리가 날아와 그 위에 알을 낳습니다. 알들이 그것을 파먹습니다. 공기중의 세균들이 몰려들어 거기에 깃듭니다. 그것은 부패되고 산화됩니다. 얼마쯤 뒤에 고양이의 시체는 어디론가 사라지고 없어집니다. 그러나 그것은 완전히 소멸된 것이 아닙니다.

그것은 파리의 애벌레나 세균들에 의해서 세상을 활성화시키는 또 다른 힘으로 전환된 것입니다.

인간 청소부가 동원되지 않았지만 그 고양이의 시체는 말끔하게 치워진 셈입니다. 그렇다면 파리나 세균들은 이 세상의 위대한 청소부인 셈입니다. 청소부는 세상을 아름답고 깨끗하게 미화시키는 요원들입니다.

강물이 수없이 많은 오물과 폐수를 쏟아붓는데도 불구하고 바다는 한결같이 푸르고 맑습니다. 그것은 갯벌밭이 있고, 그 속에는 무수한 미생물들이 있는 까닭입니다. 미생물들은 더러운 것들을 먹어치우면서 성장하고 성장한 그것들은 조개와 고기와 물새와 해조류에게 먹히고, 그것들은 또 인간에게 먹힙니다.

눈에 보이지 않는 미물들도 자기들을 있게 하는 이 세상을 정화하기 위해 최선을 다하고 있는 것입니다. 새들도 그러하고 동물들도 그러합니다.

존재하는 것들은 이 세상을 위해 좋은 일을 하기 위해 존재하는 것입니다. 자세히 보면 혼자서 사는 것이 아닙니다. 자기가 생산한 힘을 다른 어떤 존재에게 옮겨 실어주는 노릇을 합니다.

버스 운전사는 자기가 먹고 살고 가족들을 부양하기 위해 운전을 하며 살고 있지만, 그 결과로 많은 사람들을 목적지까지 실어다주는 좋은 일을 하게 됩니다.

거지에게 동전 하나 던져주는 일은 예수님의 설법대로 한다면 하나님에게 영광을 더해주는 일이고, 석가모니의 설법대로 한다면 꽃으로 가득 찬 이 세상에 꽃 한 송이를 더해주는 장엄(장식하기)이 되는 것입니다.

그렇다면 우리의 존재 이유는 "지금보다 더 좋은 세상을 만들기 위한 우주의 율동"인 것입니다. 우리들의 존재 이유가 그러하다면, 우리는 바로 그 일을 더욱 잘하기 위해 살아가야 하는 것입니다.

흔들리고 있는 우리의 삶

한데 우리의 삶의 방법이 언제부터인가 흔들리기 시작했습니다. 삶의 방법의 흔들림은 가치기준의 흔들림으로부터 옵니다.

사람은 온데간데없고 오직 물질(돈)만 있습니다. 사람은 다만 돈을 버는 도구로 이용되고 있습니다. 사람(떡)이 목적이 아니고 돈(빈 바구니)이 목적이 되어 있습니다.

"사람 있고 돈이 있지 돈 있고 사람 있는 줄 아느냐"는 말은 사람을 목적으로 하고 돈을 목적으로 살지 말라는 금언입니다. 그것은 인간 윤리의 원칙이고 원리입니다. 가장 큰 진리입니다.

한데 그것이 오래전부터 다음과 같이 바꾸어지기 시작했습니다.

"돈 있고 사람 있지 사람 있고 돈 있는 줄 아느냐? 돈만 있으면 무엇이든지 다 된다. 돈만 있으면 거지도 하루아침에 왕으로 떠받들리고, 돈이 없어진다면 백만장자도 하루아침에 천한 거지가 된다. 무조건 돈을 벌어 놓고 보아야 한다. 총칼 들고 은행을 털거나 사기를 치거나, 돈을 위해 살인을 저지르더라도 들키지만 않으면 된다. 나라 도둑질도 잘하면 대통령이 되지 않느냐. 나라 돈은 눈먼 돈이다. 먼저 요령 있게 끌어다가 쓰는 놈이 임자다. 몰래 가져다가 못 쓰는 놈이 바보 멍청이이다."

그리하여 사람들은 너 나 할 것 없이 그 돈이라는 빈 바구니를 향해 쫓아가고 있는 것입니다.

돈, 혹은 눈앞에 보이는 신기루

돈만 있으면 가만히 앉아서 호랑이의 콧수염까지도 구할 수 있습니다. 그러한 돈을 움켜쥐기 위해 헛된 꿈들을 꿉니다. 하늘을 향해 한없이 솟구쳐 오르는 유리구슬 궁전을 밤새도록 짓듯이 돈을 한꺼번에 버는 꿈을 꿉니다.

"내가 이러이러한 술수를 쓰게 되면 사람들이 꼼짝없이 속아 넘어가고, 나한테는 일확천금의 돈벼락이 떨어지게 될 것이다. 당분간의 고통스러움을 참기만 하면 된다."

욕심이 앞선 사람일수록 냉정을 잃게 되고, 냉정을 잃은 그의 생각은 현실성과 주도면밀함을 잃게 됩니다. 그러므로 자연 허술한 틈을 남기게 됩니다. 완전범죄는 성립되지 않고 들통이 나게 됩니다.

그러므로 결국 자기 아들의 손가락이나 자기의 발목만 잃을 뿐입니다. 그뿐만 아니라 얻으려고 노렸던 돈도 얻지 못하고 감옥에 가거나 자기의 목숨을 잃게 되고 패가망신을 하게 되는 것입니다.

그 어처구니없는 빈 바구니를 향해 달려가는 무리 속에서 우리는 어찌해야 할까요.

부디 성인의 가르침대로 살아야 합니다. 비록 사소한 일일지라도, 하느님에게 영광을 더해주는 일을 하고, 화엄의 바다에 꽃 한 송이를 더 장식하는 일을 하려고 애를 써야 합니다. 그것이 참된 자기를 찾는 것이고, 그것은 천국과 극락에 이르는 길입니다. 천국과 극락은 결코 먼 곳에 있지 않습니다. 우리들의 가난한 빈 마음속에 있습니다.

〈연습문제2〉

다음의 글은 〈아침 산책〉이란 글입니다. 지은이의 발자국을 따라가면서 글의 소재와 소재들을 어떻게 얽어 짜고 있는지 생각해보십시오.

아침 산을 오르며 찔레꽃 아카시아꽃을 만난다. 산은 향기로 가득 차 있다. 향기의 분자는 에밀레종의 맥놀이 같은 비대칭 파장이다. 향기 앞에서 아득해진다. 천국에는 어떤 향기인가가 깔려 있어 처음 들어선 혼령은 어지럼증을 느끼지 않을까. 초봄의 이 산길은 산난초의 향으로 가득 차 있다. 냄새는 형이하학적이고 향기는 형이상학적이다.

휘파람새와 비둘기가 운다. 간밤엔 소쩍새가 울었다. 새들의 소리와 풀벌레 소리는 푸른 색깔이고 가슴 뭉클하게 하는 향기가 묻어 있다 향기와 푸른 소리는 우울증과 신경증을 치유한다.

비 오거나 풀잎에 이슬이 맺혀 있으면 바닷가 모래밭으로 산책을 한다. 자연 바닷가 산책과 아침 산 오르기를 번갈아 하게 된다. 내 앞에 가로누워 있는 쪽빛 바다, 먼 데서 달려와 모래톱에서 재주를 넘으며 소리치는 파도는 특이한 율동을 풋늙은이의 몸속에 유입한다. 바닷가 산책이 침체한 몸과 마음을 활성화시키곤 한다면 산길 오르기는 마음을 가라앉게 한다. 바야흐로 쓰고 있는 소설의 주인공과 함께 다닌다.

산책을 다녀오자마자 따스한 물을 뒤집어쓰고 나서 아침밥을 먹고 차를 마신다. 나의 사는 재미는 매끼 포도주 한 잔씩 하고, 차 마시고, 소설 쓰고, 연못에 투영된 또 하나의 우주 보기, 거기에 피어난 수련꽃과 비단 잉어하고 놀기가 고작이다.

컴퓨터 앞에 앉아 소설을 쓰다가 가슴이 답답해지면 연못 주위를 바장인다. 수련꽃에는 황금색 꽃술 60여 개가 있다. 꿀벌이 그 속에 들어가 꿀을 빤다. 그 깊은 은밀한 속을 무람없이 드나드는 그놈에게 질투를 느낀다.

응접실로 들어와 비발디의 〈사계〉를 틀어놓고 창밖을 내다보는데 붉은색 털, 황갈색 털과 청동빛 깃으로 성장한 장끼가 철쭉나무들 사이를 어정거린다. 자기를 주시하고 있는 한 풋늙은이가 있음을 눈치채지 못하고 텅 빈 마당으로 올라온다. 마당을 건너 이웃 깻밭을 지나 대밭 쪽으로 간다. 까투리 하나도 거느리지 않고 혼자 어정거리는 그놈을 살피기 위해 현관 문을 열고 나간다. 그놈도 혹 풋늙은이 아닐까. 현관 문 여는 소리에 그놈은 뒷산 아카시아나무 숲속으로 날아가버린다.

이웃 폐가 사립으로 간다. 밀원 찾아서 꿀벌통 싣고 온 남자가 마루 위에 팔자 좋게 누워 있다. 그의 벌통에는 벌들이 바쁘게 드나들기도 하고 주위를 휘돌면서 경계를 한다. 찬란한 햇살을 머리에 인 채 벌 주인에게 실없는 농담을 하고 싶어진다. 다혈질인 그 남자는 찔레꽃 아카시아꽃이 벌어지기 시작하던 날 아침 트럭에 벌통을 싣고 와서 폐가 마당에다 늘어 놓고 인사를 왔었다.

풋늙은이는 벌통 주위를 어지럽게 비상하는 벌들에게 지은 죄 없지만 쏘일까봐 무섭고 괜히 심술이 난다.

"우리 연못에 수련꽃이 한 70여 송이나 피어 있는디, 가끔 당신네 벌이 와서 꿀을 빨아가고 화분을 묻혀가곤 하구만이라우. 갈 때 우리 수련꽃에서 빨아간 꿀값하고 뒷다리에 묻혀간 꽃가루값하고 주고 가시오."

그 농담을 그냥 입속에 담고 자궁 같은 연못으로 간다. 연못에 들어와 있는 하늘 구름 산 감나무 수련꽃 그림자들을 완상한다.

풋늙은이는 자신의 소설 《초의》가 그 스님을 짝사랑한 여자를 설정함으로 해서 쉽게 풀렸다고 생각한다. 연못은 나에게 무엇일까. 나는 전생의 복과 현생의 복과 내세의 복까지를 지금 다 누리고 있는 듯하다. 내세에는 누릴 복이 바닥나서 심심할 것이다.

아침 산책길에서 눈부시게 희고 향기로운 꽃들을 보며 문득 알 수 없는 슬픔이 느껴졌다. 영랑이 느낀 '찬란한 슬픔'은 사람을 진정성 속으로 몰아넣는 향 맑은 촉기이다. 그 촉기가 좋은 글을 쓰게 할 터이다. 서재로 글을 쓰기 위해 들어간다.

나의 글쓰기라는 것은, 전원에서의 자유자재를 글의 너울 속에 꽃향기 풀향기를 버무려 풀어놓는 일에 다름 아닐 터이다